文春文庫

幽霊解放区

赤川次郎

文藝春秋

幽霊解放区　目次

幽霊解放区

ふさがれた窓

1　消えた娘

「おっと……」

その男はよろけて、危うく転びそうになった。

「何やってんだ！　ちゃんと前見て歩きやがれ！」

突き当った男は荒っぽく怒鳴った。

「すみません……。どうも……申し訳ない……」

と、男は力のない声で謝ると、そのまま街灯の支柱にもたれかかって、危うく倒れそうになり、しがみついた。

「酔っぱらいめ！」

と、突き当った方の男も酔って、少しもつれた舌でそう言うと、行ってしまった。

「何だか危くない？」

と言ったのは永井《ながい》夕子《ゆうこ》だった。

「そうだなあ……」

私は曖昧に言った。正直なところ、酔っ払いの面倒をみるのは仕事の内に入らない。何といっても、私は警視庁捜査一課の警部なのだから……。

「大丈夫だろ。じき、酔いもさめるさ」

とは言ったものの、

「でも、この寒さよ。あのまま倒れて寝ちゃったりしたら、命にかかわるかも」

まさか、いくらこの冬一番の寒さとはいえ、都内で凍死するとも思えないが……。

「それに、あの人の口のきき方、酔ってるのとちょっと違うと思うわ」

夕子の言葉で、私も気付いた。男は具合でも悪くて、ふらついているのかもしれない。

確かに口のきき方が、酔っているのとは少し違うようだ。

仕方ない。放っては行けない。この夜道は寂しくて、人通りも少なかった。

「何なら、近くの交番から誰か来てもらおう」

と言って、私はその男へ歩み寄ると、「大丈夫ですか？　具合が悪いようですが」

と、声をかけた。

男はゆっくり顔を上げて私を見ると、

「はあ……。ご親切に……」

「具合が悪ければ救急車を呼びますよ」

「いや、そんな……そんなことまで……」

男からは酒くささは全く感じられなかった。といって、何かクスリをやっているようでもない。

「私のことは……いいんです……」

「しかし、その様子じゃ――」

「娘を……娘を捜して下さい！」

と、男はやにわに私の胸にすがりつくようにして、「私はどうでもいい！　娘を見付けて下さい！」

と泣き出してしまった。

「娘さん？　娘さんがいなくなったんですか？」

「あいつは……遺書を置いてった……。きっと今ごろどこかで……。俺は何て情ない親なんだ！」

私は夕子と顔を見合せた。――やはり放っては行けなくなってしまったようだ……。

「まあ、あなた！」

私の肩にぶら下るようにして自宅に辿《たど》り着いたその男――奈良《なら》という名だった。ドア

を開けて出て来た女性に、

「奥さんですか」

と、私は言った。「ご主人が倒れそうだったもので」

「申し訳ありません！　あなた、しっかりして！」

「和代《かずよ》……。あいつらは鬼だ！　娘を失《な》くした親の気持など、分《わか》ろうともせん」

「だからやめなさいと言ったじゃないの。そんな人たちに何言ったってむだよ」

「しかし……放っとけるか！　久美《くみ》がどこで冷たくなっているか……」

「そんなこと言っても……。あの、ご迷惑かけてすみません」

と、私たちの方へ、「もう主人のことは私が……」

「よろしかったら、事情を聞かせて下さい」

と、夕子が言った。「この人、警視庁の警部なんです。もし何かお役に立てれば」

「まあ……。そうですか。――ともかく、主人を寝かせますから」

一緒に夫の体を抱えて、部屋へ上る。

何とか奈良をベッドに寝かせて、居間で落ちついたのは、十五分ほど後のことだった。

――公団住宅のアパートの二階。２０５号室は、そう広くはなかった。

アパートもかなり古い。部屋の様子から見て、そう余裕のある暮しとも思えなかった。

「何もありませんが……」

奈良和代は私と夕子にお茶を出して、「あの人も、可哀そうに娘の久美のことで、すっかり参ってしまって……」

「何かあったんですか？　ご主人は、娘さんが『遺書を置いて』行かれたとか……」

「はあ……」

夫の奈良広介《こうすけ》は五十歳、妻の和代は四十八歳ということだった。夫も年齢より老《ふ》けて見えたが、妻の方も五十代の後半ぐらいには見える。

「娘の久美は二十四になります」

と、和代が言った。「二年前、大学を出て、区役所に勤めていました」

「公務員ですか」

「本当は、もっとお給料のいい所へ入りたかったようですが、ともかく働いてくれて、うちは助かりました。主人は数年前に体を悪くして手術したんです」

和代は、夫が寝ている方へチラッと目をやって、「それまでは営業畑で、毎日夜中にならないと帰って来ない生活でした。退院してから、上司に『体力的に営業は無理なので、デスクワークに回してほしい』と頼んだのです。そうしたら——次の日から、主人は会社のビルの守衛になりました。子会社ですがアルバイト扱いで時間給。収入は半分以下になってしまいました」

「ひどい話ですね」

と、夕子が呆《あき》れて、「組合って、何もしてくれないんですか？」

「今の組合は会社の言いなりです」

と、和代は苦笑して、「大学生でいらっしゃるんですか？　就職するときは気を付けて下さいね」

「はあ……」

「久美は、家計が苦しいこともよく分っていましたから、安定している公務員になって安心していました。ところが……」

和代はちょっと声を詰らせて、「一年ほどたって、様子がおかしくなりました。久美は区役所といっても、小さな支所に勤めていたんですけど、そこで、先輩や上司からいじめにあっていたようなのです」

「職場で……。パワハラということでしょうか」

「詳《くわ》しいことは、訊《き》いても言いませんでした。ただ、帰宅してもふさぎ込んで口をききません。心配になって、『仕事を変ってもいいのよ』と言ったのですが、今、自分の収入がなくなると家が大変だと分っているので、『大丈夫』と答えるだけでした……」

和代は戸棚の引出しから手紙らしいものを出して来て、「半年ほど前、これが……」

走り書きの乱れた字で、

〈ごめんなさい。

私、頑張るだけ頑張ったけど、もう耐えられない。お父さん、お母さんに迷惑かけないように死にます。ごめんなさい。　久美〉

「朝、これがこの机に置いてあって……それから、行方が分りません」

和代は涙を拭《ぬぐ》って、「主人は、久美の職場へ行って、何があったのか、話を聞こうとしましたが相手にされず、同僚だった人たちも口をつぐんでいました。でも、主人が何度も足を運んだので、そこの所長さんも根負けして、『では、職員全員に、匿名《とくめい》でアンケートを取りましょう』と言ってくれたのです。——一週間後、主人と私が出向いて行くと、渡してくれました。これを」

引出しから出して来た紙の束を、和代は私たちに差し出した。夕子は面食らって、

「これ——何ですか？」

それはただの「黒い紙」だった。枠のように白く残っている部分には文字はなく、それ以外はすべて真黒《まつくろ》に塗り潰されている。

しかも、全部がそうなっているのだ。

「これがアンケートですか」

と、私は言った。

「所長さんは、『個人情報やプライバシーに係《かかわ》る部分はお教えできません』と言いました。文字一つ、名前一つ残っていない。主人は怒りました」

「当然ですよね」

「でも――向うは『要求に応じた』と言うだけです。主人は何度も出向いていますが、自分の仕事もありますし、体力もないので……。今日も、支所へ行ったんでしょう。最近は若い職員が主人を表に叩き出すようです」

奈良があんな風だったのは、そのせいだったのだろうか。

犯罪として捜査するわけにはいかないが、大人の職場で、こんなことが起っていると思うと、気が滅入ってしまった。

何度も礼を言って送り出してくれた和代に、

「ご主人を一度病院で診てもらった方がいいですよ」

とだけ、私は言った……。

2 冷たい雨

底冷えする寒さだった。

夜中には雪になるかもしれないな、と私はパトカーの中で思っていた。

「この露地の奥ですね」

パトカーが停って、警官が言った。「車が入れないので」

「分った」

コートの襟《えり》を立てて、パトカーを降りる。

狭い露地の両側に、小さなバーやスナックが並んでいる。その奥に、照明がチラチラと覗いていた。

「あれが現場だな」

と、私は言った。「走るか、どうせ濡れるが」

「宇野《うの》さん、先に行って下さい」

と、原田《はらだ》刑事がのんびりと言った。

「俺は濡れても平気です」

巨漢の原田は、たっぷりと脂肪のコート（?）を身につけているのだ。

私は冷たい雨の中を駆けて行った。

「あ、宇野警部。――これ、どうぞ」

と、若い刑事が、さしていた傘を貸してくれる。

ここは中年男らしく、使わせてもらうことにしよう。

倒れている男は、もう寒さを感じないだろうが、見ているだけでもゾッとするようだった。

そこはバー〈ヒロコ〉の出入口の前で、男はコートの片袖だけに腕を通して、うつ伏せに倒れていた。

私はしゃがみ込んで、男の体をゆっくりと仰向《あおむ》けにした。――胸に刺し傷がある。

倒れている向きから見て、〈ヒロコ〉を出て来たところを刺され、そのまま突っ伏すように倒れたとみえる。

検視官が来るまでは、これ以上触《さわ》れない。

「心臓をひと突きですね」

と、原田が言った。

「ああ。即死だろうな」

このバーの客だったのだろう。私はドアを開けて店の中へ入って行った。

「刑事さん？」

と、この店のママらしい中年女が、タバコをふかしながら訊いた。

「捜査一課の宇野だが」

と、私は言った。「お話を伺っても？」

「ええ、どうぞ」

と、女はちょっと微笑《ほほえ》んだ。

「何かおかしいことでも？」

「いいえ。他の刑事さんたちが、ずいぶん偉そうにしてらっしゃったのに、あなたがていねいな口をきかれるんで……」

「宇野さんは警部だよ」

と、原田が入って来て言った。「捜査一課の大ベテランだ」

「まあ、そんな偉い方だったんですか」

「別に偉かないがね」

と、私は苦笑した。「あの人はここのお客？」

「ええ。関口《せきぐち》さんとおっしゃるんですよ、確か」

〈ヒロコ〉のママは片桐《かたぎり》ヒロ子といった。四十代の後半ぐらいか、こういう商売の割には厚化粧ではなく、小太りな落ちついた女性だった。

店には他に客はいなかった。ただ、一人若いホステスがカウンターの奥に立って、氷の溶けたグラスを手にしている。

「店の入口をふさがれちゃって、商売になりませんよ」

と、片桐ヒロ子は言った。

「まあ、今夜は諦めてくれ」

と、私は言った。「何があったのか、話してくれるかな」

「私もよく分りませんよ」

と、ヒロ子は肩をすくめた。

関口という客は、夜八時ごろやって来たという。

「男の方と一緒でね。話の様子じゃ、学生のころのお友達で、久しぶりに会った、って感じでしたね」

と、ヒロ子は言った。「でも、一時間もすると、関口さんがすっかり酔っ払っちゃって、何だかお友達に絡《から》み出したんですよ。それでお友達は気を悪くして帰っちゃったんです」

「それが九時過ぎ？」

「九時半くらいでしたかね。後は、関口さんが一人でウイスキーを飲んで……。誰に言うんだか分らないグチをずっとブツブツ言ってました」

「日ごろ、不平不満がたまってるんだろうな」

「結局、十一時くらいになって、やっと帰ろうとして……。足下がフラついて、大丈夫かしらと思ったんですけど、『ここへつけといてくれ』って、名刺をくれて」

「前にも来たことが？」

「ええ。でも……一年以上前じゃないかしら」

と、ヒロ子は言った。「で、アミちゃんが――ああ、あの若い子ですけどね。あの子が支えるようにして送り出したんです。そしてドアを閉めたら、とたんに、バタッと何か倒れる音がして。てっきりお客さんが転んだんだと思って、二人でドアを開けてみると、お客さんがうつ伏せに倒れていたんです……」

「すると、刺されてすぐにあんたたちが外へ出たことになるね。誰か逃げる人間とか、気付かなかったかね？」

「この雨ですし、暗いですしね、この露地は」

確かにその通りだ。

「その客の名刺を見せてくれないか」

「ええ、これです」

手に取って、〈関口明《あきら》〉という名を目にしてから、勤め先を見ると――。

「区役所の支所？」

「ええ、お役人なんですね。いかにも細かそうな人でした」

〈所長〉とあるその支所は、あの奈良広介が娘のことで何度も足を運んだ所だった。

では、あの「真黒なアンケート」を奈良に渡したのはこの関口という男だったのか。

関口の持っていたケータイで、家族に連絡しようとした。妻のものと思われるケータイの番号へかけると、

「何よ、こんな時間に！」

と、いきなり怒鳴られた。「用があるならメールしてって言ったでしょ！」

私は咳払いして、

「失礼ですが、関口明さんの奥さんですか？」

「は？　どなた？」

と、向うは面食らっているようだ。

私は警察の者ですと名のってから、事件のことを話した。

「——まあ」

と言ったきり、向うは黙ってしまった。

私は事務的な口調で、できればこちらへおいでいただきたい、と言った。

「分りました。場所はどこでしょうか」

向うも表情のない声で言った……。

——やれやれ。

いつもながら、いやな役目だ。

「すぐここへ来るそうだ」

と、原田に言った。

すると、表にいた若い刑事が顔を出し、

「警部、今、巡回中の巡査が、この近くで怪しい男を見付けたので連れて来たそうですが」

と言った。

「怪しい男？　中へ入れろ」

促《うなが》されて入って来たのは、雨でずぶ濡れになった男で……。

「あんたは——奈良さんだね！」

青ざめて、やつれているが、あの奈良広介に違いなかった。

「はあ……」

「先日、あんたを家まで送って行った——」

「ああ……。その節はどうも」

奈良は、自分がどういう状況にいるのか分っていない様子だった。

「雨の中、何をしてたんです？」

「いや……。この辺をうろうろ……」

「そこで死んでいるのは、関口さんですよ。あの、あの支所長の」

「死んでる？」

と、初めて気付いたように振り返って、「そうですか。——風邪引いたのかな？」

「いや、刺されたんです」

「刺された……。そいつは痛かったでしょうね」

わざととぼけているにしては自然な演技だった。

「ここに関口さんがいると知ってたんですか？」

「いいえ。こんな所、来たこともないし」

私はため息をついて、

「ともかく、署まで同行願いますよ。――原田、ポケットの中を調べろ」

奈良はやっと言われている意味が分ったらしい。

「私が殺したとでも？」

「殺したんですか？」

「いや、とんでもない」

と、首を振る。「私がそんな――」

「さあ、行きましょう」

と、原田が促す。

そのとき、奥にいた若いホステス、アミが、

「違うわ！」

と、突然言った。「そんなこと、できっこない！」

奈良が目をみはった。――アミを見つめて、

「お前……久美じゃないか！」

と言ったのである。

3　混雑

「大変なことになった……」

と私は呟《つぶや》いた。

「ドラマチックね」

と、小声で言ったのは、むろん夕子である。

ただでさえ狭いバー〈ヒロコ〉の店内は、人で一杯になってしまった。

まあ、夕子に連絡したのは私だから文句も言えないが……。

もちろん夕子は駆けつけて来た。

そして、奈良広介からの知らせを聞いて、妻の和代が息せき切ってやって来ると、

「久美！　生きててくれたのね！」

と、娘を抱きしめて号泣する。

少し遅れて、殺された関口明の妻、依子《よりこ》が娘と一緒に到着した。

死体は冷たい雨をよけて、〈ヒロコ〉の中へ移されていた。

依子が取り乱した様子もなく、冷静だったのは救いだ。これで騒がれたら、〈ヒロコ〉の中は大変なことになっていただろう。

「久美を救って下さってありがとうございました」

と、少し落ちついてから、和代が片桐ヒロ子に礼を言った。

「いえ、私は別に……」

ヒロ子も、目の前の展開に呆気に取られている様子で、「アミちゃんの身許《みもと》なんて知りませんからね」

ヒロ子は、夜中に店を閉めて帰る途中、電車の踏切で、思い詰めた様子で立っている娘を見付けた。

声をかけると、

「自殺しようと思ってるんですけど、電車に飛び込むと、親が迷惑するかと思って……」

と言うので、

「じゃ、どうするのが一番いいか、相談しましょ」

と、自分のアパートに連れて行った。

そして、色々話す内、〈ヒロコ〉で働いてみることになった、ということだった。

「偶然ね、この店に、あなたの元のボスがやって来るなんて」

と、ヒロ子は冷静に言った。

「心配かけてごめん」

と、アミ――久美は母親に言った。

「いいのよ。生きててさえいてくれたら……」

と、和代は涙を拭っている。

すると、久美が、

「令子《れいこ》さん？」

と言った。

関口の娘に声をかけたのである。

「久美さん……」

関口令子は、久美と同じくらいの年齢だろう、色白で目立つ娘だった。

「知り合いなんですか？」

と、夕子が言った。

「私、アルバイトしてたんです。父の所で」

と、令子は言った。

「所長さんの娘さんだったのね。そんなこと、聞いたような気もするけど、よく憶えてない」

と、久美は言った。「所長さん……お気の毒に」

「ありがとう」

と、令子は言った。「父は体を悪くしてたの。別居してたから」

「まあ……。いつから？」

「この三か月くらいかな。——殺されなくてもどうせそのうち、自分でお酒に溺れて死んでたわ」

令子の言い方は冷ややかだった。

そこへ、また一人、背広姿の男がやって来た。ネクタイはしていなかったが、依子が、

「まあ、里見《さとみ》さん」

と、当惑したように、「よくここが分ったわね」

「所長からメールをもらって」

と、里見という男は言った。「ここへ迎えに来てくれ、と。でも、そのメールに気付いたのが、ついさっきでしてね。急いでケータイへかけたら、こんなことになってると……」

「刑事さん。夫の部下の里見さんです」

と、依子は言った。

「里見恒《ひさし》といいます。所長の下で、企画係長をしていました」

四十前後だろうか、真面目そうなタイプである。

「——里見さん」

「久美ちゃんか！　いや、良かったよ」

と、里見は言って、「それにしても、こんな所で会うなんてね……」

「ええ……」

久美は肯《うなず》いて、それから私と夕子の方を見ると、「父がやったんじゃありません」と言った。

「まあ、それはこれから調べることだ」

と、私は言った。「ともかく、現場検証もある。——ここを出ないとね」

原田のような大きな体まで入って、〈ヒロコ〉の中は酸素が足りなくなるかという状態だった。

「里見さん」

と、夕子が言った。「ちょっとお話を伺いたいんですが」

「その件ですか」

里見は肯いて、「確かに、久美ちゃんに対するセクハラやパワハラがあったと聞いています」

「原因は何だったんですか？」

と、夕子が訊くと、里見は首をかしげて、

「よく分らないんですよ。久美ちゃんはとても真面目に働く子でした。まあ……ああいう職場で、あんまり張り切り過ぎると嫌われるということはありますが……」

——〈ヒロコ〉から、関口の死体は運び出され、奈良広介と和代、久美の三人、そして関口依子と令子も自宅へ戻っていた。

里見と私たちは、〈ヒロコ〉から近い二十四時間営業のハンバーガーショップに移っていた。

「アンケート用紙のことですけど……」

と、夕子が言った。

「僕も中身は読んでないんです。所長が直接集めて回って」

「黒塗りにしたのも？」

「ええ。所長が自ら。それも、コピーした分でなく、元の用紙そのものを黒く塗り潰してしまったんです。あれにはちょっとびっくりしました」

「どうしてそこまでする必要があったんでしょうね」

「さあ……。ただ、支所にいると、何か問題を起して、マイナスの評価をされるのが怖くなるということはありますね。できるだけ問題を起さないようにしたいわけですから」

「分りました。どうも……」

里見が先に店を出て行くと、夕子は、

「私、ハンバーガー一つ食べよう。あなたは？」

「うん……。そうだな」

かくて、夜中のハンバーガーデートということになったわけだが……。

「奈良広介を連行して調べるべきだったかな」

と、私は言った。

「必要ないでしょ。犯人だったら、いつまでも近くでウロウロしてないわよ」

「しかし、関口を恨んでた」

「そうね。でも、動機なんて、どこかに隠れているものよ」

と、夕子は言って、大きめのチーズバーガーにかぶりついた。

4　秘密

前夜の雨は止《や》んだものの、空はまだどんよりと曇って、凍りつくような風が吹いていた。

その小さな公園は、昼を過ぎても人っ子一人いなかった。

もし子供が遊ぼうとしたところで、小さな砂場は雨がたまり、ブランコもベンチも濡れて、何もできないだろう。

マスクをして、コートを着た女性が公園の前を通り過ぎた。公園の中をチラッと見て行く。

そのまま行ってしまったが――五、六分すると戻って来て、公園の前で足を止めた。

そして、周囲を見回すと、公園の中へ入って来て、ベンチの傍のスチールの屑《くず》入れの中を覗き込んだ。

そして、手袋をした手を屑入れの中へ突っ込んで、中を探った。

「――何を探してるんだ？」

と、男の声がして、女がハッと振り向く。

「これだろ」

男がハンカチにくるんだものを手にして、開くと、ナイフが現われた。

「里見さん……」

女がマスクを外した。

「どうして、お父さんを……」

と、里見が言うと、関口令子は、

「あなたのためよ！　分ってるでしょ」

と、責めるような口調で言った。

「君は分ってない」

と、里見は首を振って、「もう終ったんだ。僕らのことは」

「私、いやよ。そんなのってないわ」

と、令子は里見をじっと見つめて、「私を抱いたとき、『二度と離さない』って言ったじゃないの！」

「それは……そういうときに口走ることはあるさ。分るだろう。ともかく、僕には家庭がある。君とはもう会えないよ」

「そんな……。父さえいなくなれば、もう大丈夫だと――」

「僕はそんなこと、言ってないぜ」

「言ったじゃないの！『所長も反対してるから』って。だから私は――」

「そんな意味で言ったんじゃない！」

と、里見は言って、「ともかく――この凶器を始末しないと」

「私が捨てるわ」

と、令子は言って手を出した。「ちょうだい」

「でも、どこへ？」

「どこだって捨てられるわ。ゆうべは、手に血もついてたし、ここへ隠して行ったけど、どこか遠くの川にでも放り込めば……」

「僕が処分するよ。君は帰りたまえ」

と、里見が言うと、

「こっちへよこしなさい！」

と言うなり、令子はナイフを奪い取って、里見へ切りつけた。

「よせ！」

里見があわてて飛びすさる。「令子！」

「あなたを殺して私も死ぬ！」

と、令子はナイフを構えた。

「――だめですよ」

と、夕子が声をかける。

令子と里見が凍りつくように動きを止めた。

私も出て行くと、

「ナイフは今朝早く発見していたんだ」

と言った。「たぶん、取りに来るだろうと思って待ってたよ」

令子の手からナイフが落ちた。

「里見さん」

と、夕子は言った。「所長さんからのメールで駆けつけて来たのに、あなたは令子さんに全く声もかけないし、目も合せなかった。アルバイトしていた令子さんを知っていたはずなのにね」

里見は目をそらした。

「令子さんから連絡が行ったんでしょう？　お父さんを殺してしまったって。——関口さんがアンケートを塗り潰したのは、そこに里見さんと令子さんの仲について書かれてたからでしょう。自分の娘のことを、奈良さんの目に触れさせるわけにはいかない」

と、夕子は言った。「令子さん、あなたのお母さんも、あなたのしたことを察していたのね。だから、あの状況でも、奈良さんが夫を殺したとは言わなかった」

「お父さんだって、私の幸福を邪魔する権利はないわ！」

と、令子は言い返した。

「君には、どんな理由であれ、人を殺す権利はない」

と、私は言った。「さあ、向うでパトカーが待っているよ」

原田刑事が現われて、令子の腕を取って促した。令子は二、三歩行きかけて、里見の方を見ると、

「私が出て来るまで待っててね」

と言って、微笑んだ。「幸せになりましょうね」

誰もその言葉に対して、言うべきことを見付けられなかった……。

「先日はどうも……」

そばに来るまで、私も夕子も、それが奈良久美だと気付かなかった。

「ずいぶん元気そうだね」

と、私は言った。

私と夕子は警視庁に近い喫茶店で昼にサンドイッチを食べていた。

「いいですか、座って?」

「もちろん。コーヒーでも?」

「はい」

コーヒーを注文して、久美は、

「ご心配かけてすみませんでした」

と言った。「父が仕事を見付けました。もちろん、大した仕事じゃないんですけど、当人は張り切っています」

「それは良かったですね」

と、夕子が言った。「あなたも働くんでしょ?」

「ええ、もちろん。あの〈ヒロコ〉に当分つとめるつもりです。私が死のうとするのを止めてくれたんですから」

と、久美は言って、「宇野さん、令子さんは大丈夫ですか?」

と訊いて来た。

「大分落ちついたようだよ」

と、私は言った。「それと、自分と里見のことを、君がみんなにしゃべったと思い込んでいて、それで君を追い出そうとして悪い噂を流したそうだ」

「私、たまたま二人がホテルから出て来るのに出くわしたんです。でも、二人のことは他の人たちもみんな知ってましたよ。私は誰にも言いませんでした。働くのに精一杯で、他人の恋なんてどうでも良かったんです」

そう言って、久美はコーヒーを飲むと、「では……」

と立ち上って、

「お二人で〈ヒロコ〉にいらして下さいね」

「寄らせてもらうよ」

私はコーヒー代を払おうとする久美を止めて、「ここは僕が。お父さんの就職祝いだ」

「ごちそうさまです」

と一礼して行きかけた久美は、振り返って、「そうだ。私、〈ヒロコ〉でも〈アミ〉はやめて〈クミ〉にしたんです」

と言った。

「お待ちしてます！」

しっかり宣伝して店を出て行く久美を見て、私と夕子もホッと明るい気持になったのだった……。

忘れな草を私に

1　パトロール

深く広がる夜の闇の中、小さな丸い光がゆっくりと動いて行く。

いきなりこの光景を見たら、夜空にホタルでも飛んでいるかと思うかもしれない。

しかし、日が上れば、一面の田んぼの中の一本道であることが分るだろう。

夜になると、街灯一つない一本道、車もほとんど通らない。

今、ゆっくり移動しているのは、自転車の明りだった。自転車に乗っているのは、制服姿の巡査である。

大宅《おおや》鉄平《てっぺい》という名の二十六歳。この辺一帯を受け持っている。

今は深夜のパトロールだ。

パトロールといっても、何しろポツン、ポツンと家がある以外は、何もない。鉄道の駅も、ここから車で二十分もかかる。

「ああ……」

自転車をこぎながら、大宅鉄平は大欠伸《おおあくび》をした。「やれやれ……」

と、意味もなく呟《つぶや》く。

自転車の心細いライトに、一本道がぼんやりと浮かび上っていた。こんな夜に、道へ出てくるのは、タヌキくらいのものだが……。

「うん？」

大宅は目をこらした。

ライトの先の方に、何か白いものが見えたのである。少しペダルを力を入れてこぐ。

人間だ。それも……下着姿？

「ああ、何だ」

と、大宅は苦笑した。「村山《むらやま》さんのじいさんだ」

後ろ姿でもすぐ分ったのは、これまでも何度か、こうして夜道を一人で歩いていることがあったからだ。

「また鍵をかけ忘れたんだな」

と、大宅は呟いた。

村山兼吉《けんきち》は今八十歳。数年前から認知症を発症して、この一年ほど、夜中に家を出て、この辺を歩き回るようになった。

家族に、大宅は何度も、

「出られないように、しっかり鍵をかけてくれよ」

と言い続けているのだが、何しろ、この辺りはまだ呑気な山村で、しばしば鍵をかけ忘れる。

今夜もそういうことだろう。

長袖のシャツとももひき、裸足《はだし》で歩いている村山兼吉へ、

「おい、じいさん！」

と、大宅は呼びかけた。「待てよ、じいさん！」

聞こえないのか、老人はひたすら歩いていく。

普段、起きているときは、足下も危なっかしく、よろよろと歩いているのに、こうして夜中に徘徊《はいかい》していると、まるで若者のようにスタスタと歩くのだ。ふしぎな話である。

「おいッ、待てって！」

大宅は自転車を降りると、傍へ寝かせて、懐中電灯を手に、小走りに老人を追いかけた。

「じいさん！　待てってば！」

やっと老人を追い越し、「ほら、しっかりしろよ！　どこへ行く——」

言葉が途切れた。——村山兼吉は、大宅を見ると足を止めていた。

トロンとした目で大宅を見ているようだった。しかし、大宅の方は……。

「──どうしたんだ！」

と、大宅はやっと言葉が出た。「けがしたのか？」

老人のシャツとももひきに、血が広がっていた。胸から腹の辺りにかけて、血で濡れている。そして、腕や腿《もも》の方へも、血が飛び散っていたのだ。

「どこか──けがしてるのか？」

しかし、見たところ傷を負ってはいないようだ。では、この血は？

「じいさん！　俺が分るか？」

大宅は大声を出した。

「ああ……」

と、呻《うめ》くような声で、「何だ、そんなでかい声出して……」

「どうしたんだ、って訊いてるんだよ！　その血は？」

「ああ？　何だって？」

大宅は、老人の手を見た。両手が真赤《まっか》に血で汚れている。

これは……ただごとじゃない！

大宅は無線のマイクをつかんで、

「こちら大宅！　大宅です！　──大変です！」

声が震えていた。マイクを持つ手も、いつしか震えている。

「すぐ……すぐ来てくれ！　誰か来てくれ！」

ほとんど叫び声に近くなっていた……。

2　回り道

「あんまりスピード出さないで」

と、永井夕子が言った。「遅くなってもいいから、安全第一でね」

「よせよ、警官に向ってそういうお説教するのは」

と、ハンドルを握った私は苦笑した。

確かにスピードを出したくなる一本道。真直《まっす》ぐな田んぼの中の道である。

しかし、時間は深夜。街灯一つない道なのだから、一本道で迷いようはないにしても、スピードを出して、何かが突然車の前に現われたらよけるのは難しい。

言われなくても、警視庁捜査一課の警部、宇野喬一《きょういち》、交通事故は起こさない！

永井夕子とドライブに出かけたはいいが、行った先でのんびりし過ぎて、ここまで遅くなったら、と夕食もゆっくりとった。そして東京への帰り道である。

「下手したら、東京に着いたら朝かな」

「事故起すよりいいわよ」

と、夕子は言った。

そりゃ、夕子は女子大生だ。大学は適当にサボることもできるだろうが、こちらは仕事が待っているのだ。

「誰かいる」

と、夕子が言った。

車のライトの中に浮かび上ったのは、制服の巡査だった。止まれ、と合図している。

車を停めると、私はドアを開けて降りた。

「どうしたんだ？」

「車……。車が見えたんで……。てっきりパトカーかと……」

若い巡査だ。ひどく取り乱している。

「しっかりしろ！」

私は身分を明かして、「何かあったのか？」

「警部殿ですか！」

大宅というその若い巡査は真青《まつさお》になっていた。「実は……とんでもないことが……」

夕子も車を降りて来た。

「そこに誰か座り込んでるわ」

懐中電灯の光が、道路脇に座っている老人を照らした。

「あれは——血？」

と、夕子が言った。

「そうらしいな」

私は近寄って、「おい、じいさん、どうしたんだ？」

と訊いた。

しかし、老人はぼんやりと宙を見つめているばかり。

「徘徊しているところを発見したのですが……」

と、大宅が言った。

「自分の血じゃないわね。返り血だわ」

と、夕子が言った。

「一体何があったんでしょう？」

と、大宅は冷汗をかきながら言った。

「落ちつけ」

と、私は言った。「人間の血とは限らない。そうだろう？」

そう言われて、大宅は急に体の力が抜けたように、

「——そうですね。いや、そうでした！」

むろん人間の血かもしれないのだが、この若い巡査を一旦冷静にさせる必要があった

のだ。

「このお年寄を知ってるんですか?」

と、夕子が言った。

「はあ、もちろん。この近くに住んでいます。名は村山兼吉、八十歳です」

「行ってみましょう」

と、夕子が私を見て、「とんでもないことでなきゃいいけど」

「うん。——君はその老人を連れて車の後ろに乗れ。自宅への道を説明しろ。俺が運転する」

「分りました!」

やっと警官らしくなった。

私はハンドルを握り、夕子を助手席に、大宅と村山兼吉を後部座席に乗せて、夜中の道を走らせた。

大宅は「すぐこの近所です」と言ったが、こういう田舎の「すぐ」は結構な距離がある。

「——いつもあんな所まで歩いて行くのか?」

「はあ。一度は山向うの町まで行ってしまったこともあります。ほとんど話は分らないのですが、足腰は丈夫でして」

夕子は後ろの席を振り返った。——村山兼吉は相変らずぼんやりと窓の外を眺めているばかりだった。

狭い坂道を少し上ったところに、その家はあった。

いかにも古い農家という作りで、ともかく大きい。二階建だが、都会の一戸建とは全く違う。

「明りが点いてない」

と、私は言った。「君が行け」

「はい！」

大宅は車を降りて、玄関へと走って行った。ガラガラと引き戸を開けて、

「おい！　誰か起きてるか！」

と、大声で呼ぶ。「――村山さん！　いないのか！」

まさか、あの家の中で血の惨劇が、と思うと、息がつまる。

だが――少し間があって、二階の窓に明りが点いた。

バタバタと階段を下りて来る足音。

私と夕子も車を降りた。老人一人、車の中で半分眠っているかのようだ。

「何だね、こんな時間に？」

パジャマ姿の、大分頭の禿《は》げた男が玄関へ出て来た。

「兼吉さんだ」

と、大宅が言うと、

「え？　また出てった？　あいつ……。おい、みすず！」

大声で呼ばれて下りて来たのはかなり太めの体つきの女で、

「びっくりするじゃないの、大声で」

と、大欠伸する。

妙に可愛いネグリジェを着ているが、五十近いだろう。

「お前、また鍵をかけ忘れただろう」

「え？　――さあ、どうだったかね。いちいち憶えちゃいないよ」

「呑気なこと言いやがって！　大宅さん、手数かけて申し訳ねえ。またどこかフラついてたのか」

「ああ。しかし――それだけじゃないんだ」

と、大宅は言って、車の方を振り向いた……。

3　学友

「まさかなあ……。こんな所で一泊するとは思わなかったよ」

私は伸びをして言った。

「仕方ないわよ。成り行きだもの」

夕子もベッドから出て、「シャワー浴びてくるわね」

と、バスルームへ入って行く。

あの山村から車で二十分の鉄道の駅近く。たった一つのビジネスホテルで、私と夕子は一泊することになった。

もちろん、何があったにしても、警視庁の管轄でないことは確かだから、そのまま東京へ帰ってしまっても良かったのだが、血を浴びた徘徊老人が、一体どこで何をしたのか、気にかかることではあった。

村山兼吉は、息子の高志《たかし》に伴われて警察署へ行き、そこで一夜を過していた。シャツなどを染めていた血は人間のものと分った。——しかし、村山の家の中や、その周辺で、何か変ったことが起きた様子はないようだ。

いずれにしろ、朝になってから、その辺一帯で捜索が行われることになるのだ。

私もシャワーを浴びて目を覚ますと、夕子と一緒に一階のカフェで朝食をとった。

「もう十時よ。どうするの？」

と、コーヒーを飲みながら夕子が訊く。

「連絡はしといたが、今日中には東京に戻らないとな」

「そうね。私もたまには勉強しなきゃ。落第しちゃう」

ホテルを出て、車を置いた所へ行こうとすると、

「ね、見て」

と、夕子が私をつついた。「あの息子さんでしょ」

なるほど、ゆうべ大宅に叩き起こされた村山高志が、車を駅前に停めて降りて来た。

向うが私たちに気付き、

「ゆうべはどうも……」

「駅にご用で？」

と、私は訊いた。

「ええ、東京の大学に通っている娘が、三、四日帰ってくるので、迎えに……。ああ、今着いた列車でしょう」

降りて来る客は多くない。ボストンバッグをさげた、若い女性が改札口を出てくる。

「お帰り」

と、村山高志がバッグを持つ。

「相変らず何もないのね、駅前も」

「おい、こちらは――」

高志が私たちを紹介して、「娘のあかりです。今大学四年生で」

「初めまして」

と、あかりという娘は言った。「でも、どうして警部さんが？」

「それがゆうべ大変だったんだ」

と、高志は言った。「家でゆっくり話してやる」

「うん……」

村山あかりは、あまり両親とは似ていない。四年間、東京で大学に通っていたのだから、いかにも都会っ子だ。

「そうだ。――ね、百合《ゆり》、ゆうべ着いたでしょ？　どうしてる？」

と、あかりが訊いた。

高志がポカンとして、

「誰だ、それ？」

「やだなあ。お母さんにメールしといたじゃないの。大学の友達が泊りに来るって」

「本当か？　俺は聞いてないぞ」

「そんな……。浜中《はまなか》百合っていうの。私が都合で一日遅れたから、百合は昨日の夜、ここへ着いてるのよ」

「うちにゃ来てねえぞ」

「いやだ！　どこに行ったんだろう？」

あかりはケータイを取り出してかけたが、「――出ない。でもこの駅に着いたってメールが来たのよ」

「それって、昨日の何時ごろですか?」

と、夕子が訊いた。

「ええと……夜の九時過ぎですね」

「夜の九時。――村山さんのお家に行くとしたら、どうやって?」

「私、お父さんが迎えに来てるとばっかり思ってた」

と、あかりは言った。「お母さんにそう頼んどいたから」

「俺は何も聞いてないぞ」

と、高志は首を振った。

「この駅で降りて、迎えの車がなかったら……。どうするかしら」

と、夕子は言った。

私と夕子は、今出て来たビジネスホテルへと目をやった。

「訊いてみよう」

と、私は言った。

ホテルのフロントは、無人化されていて、カードで先払いして、カードキーを受け取るのも、すべて自動だ。

ともかくホテルの人間を呼んで、今入っている客を確認した。

「ああ、この方ですかね。――〈ユリ・ハマナカ〉となってます」

「それだわ！　良かった！」

と、あかりがホッとしたように、「部屋に電話してみて下さい。ケータイ、切ってるみたいなんで」

「分りました」

しかし、フロントから部屋へかけても誰も出ない。――私はいやな予感がしていた。

「まだチェックアウトはされていませんが……」

「部屋へ入ろう」

と、私は言った。「警察の者だ」

五階建のビジネスホテルの三階。〈３０２〉に浜中百合は泊っていた。

ドアを何度かノックして、声をかけたが、返答はなかった。

私たちの様子に、あかりは不安になったのだろう、

「どういうことなんですか？」

と訊いた。

「ともかく、ここにいて」

と、私は言った。「鍵を開けてくれ」

フロントの男がマスターキーでロックを開ける。私はそっとドアを開けた。

そして――「キャーッ！」という悲鳴が、部屋の中から聞こえた。

「ちゃんと言っといてよ！」

と、あかりが怒っている。「彼を連れて来るのなら、前もって」

「ごめん」

と、浜中百合はちょっと舌を出して、「連れて来たわけじゃないの。勝手に追いかけて来たのよ」

「どっちにしたって、電話ぐらい出りゃいいじゃないの」

「ぐっすり眠ってて起きなかったの。ゆうべくたびれちゃって。――ね、分るでしょ？」

ともかく……私と夕子は安堵していた。

部屋の中では、浜中百合が、大学生らしい男の子と裸で寝ていたのだ。そこへ私が入って行ったので、目を覚ました浜中百合が叫び声を上げた、というわけだ。

最悪の場合、部屋の中が血だらけになっているかもしれないと想像していたので、外れてホッとした。

「すみません」

バスルームから、ジーンズ姿の若者が姿を見せた。――沢井《さわい》達也《たつや》は、村山あかり、浜中百合と同じ大学の三年生だということだった。

「百合が突然旅行に行くって言うからさ」

と、沢井は言った。「てっきり別の男と行くんだとばっかり思って、列車からずっと尾《つ》けてたんだ」

「呆れた」

と、あかりが言った。

「誰も迎えに来てないから、どうしようかと思って、駅を出た所で立ってたら、沢井君が出て来て……。じっくり話をしようってことになって、ここに泊ったの」

と、百合がブラシで髪をとかしながら言った。

「困りますね」

と言ったのは、ついて来たホテルの男で、「一人でお泊りってことでしたよ。二人なら追加料金をいただかないと」

「俺、まるで金持ってなかったから」

と、沢井が頭をかく。

「本当にもう……」

あかりが財布を取り出した。「いくらですか？」

「悪いわね」

と、百合はちっとも悪いと思ってない様子で、「ついでに朝ご飯おごってくれる？」

「朝食付きだと、あと二千円です」

頭のすっかり禿げたホテルの男は、小久保《こくぼ》といった。「――領収証いりますか？」

私は、他に泊り客がいるか訊いた。

「ゆうべは二部屋だけです」

と、小久保は言った。

ともかく、浜中百合と沢井の二人が飢え死にする前に、朝食を下で食べさせることにした。

「お父さん、払ってよ」

と、あかりが言った。「百合を迎えに来なかったんだから」

「母さんに言え」

と、高志は顔をしかめた。

――浜中百合と沢井は、ゆうべよほど張り切ったとみえて、朝食を猛烈な勢いで食べてしまった。

私と夕子は、後を地元の警察に任せて帰ろうかと思っていたのだが――。

私のケータイに、あの大宅巡査がかけて来た。

「やあ、どうも。――え？」

「見付けました」

大宅の声はこわばっていた。

「というと?」

「田んぼの中で、女性の死体が……。おいでいただけますか」

――もう少し早く出発するんだった!

4　はみ出し者

なかなか見付からなかったのも無理はない。

かなり広い田んぼの奥、取水口の狭い溝の中に、その死体は押し込まれるように横たわっていた。

ほとんど裸で、刺し傷らしい傷口が、胸や腹にいくつも見られる。

「――今、県警からこちらへ向っています」

と、大宅が言った。

「見付けたのは?」

と、夕子が訊いた。

「この田んぼの持主です。朝早く来て、水の様子を見ようとして……」

「ずいぶん若いな。誰なんだ?」

と、私は言った。

どう見ても、せいぜい二十歳ぐらいにしか見えない。長い髪を赤く染めていた。

「ええと……たぶん……」

と、大宅は口ごもって、一緒に来ていた村山高志の方を見た。「――ね、高志さん?」

「うん……。駅前の〈S〉ってバーのホステスだ」

と、高志は言った。「〈りょう〉っていったかな」

「そうそう、〈涼しい〉っていう字を書くとか言ってたね。まだ十九とか……」

「自分でそう言ってただけだろ」

「でも、本当に若いですよ、この人」

と、夕子は死体をよく眺めて、「肌も若いし、きっと本当に十九じゃないですか」

高志の車で一緒に来ていたあかりたち三人の大学生は、現場から離れて固まっていた。

「よく平気で見てられるな」

と、沢井は死体をチラッと見ただけで真青になっている。

「私は慣れてるの」

と、夕子は言って、「この人のこと、知ってる?」

と、あかりに訊いた。

「知らないわ。バーなんか行かないし」

と、あかりは言った。「でも——おじいちゃんがやったの？」

「分らない」

と、高志は首を振って、「あの血がこの女の子のものかどうか……」

「ともかく、県警が調べるだろう」

と、私は言った。「この付近で凶器を捜すんだな。刃物を使ってる」

「はあ……」

大宅は汗を拭った。

「大丈夫？」

と、夕子が訊く。「真青よ」

「どうも……死体を見たのは初めてで」

「しっかりしろよ。警官だろ」

と、私は言った。

そこへパトカーのサイレンが聞こえて来た。

「ここにいるって知らせて来た方がいいわ」

と、夕子が言うと、

「そうですね！」

大宅は救われたように、駆け出して行った。

「やれやれ」

と、私が呟くと、夕子は小声で、

「あの大宅さんって、この殺された子のことをよく知ってたのよ、きっと」

と言った。

そうか……。こんな小さな町だ。そのバーに大宅が出入りしてもおかしくない。

パトカーが細い道を入って来る。

私は、ともかく後を県警に任せて引きあげようと思った。

しかし……。


「何てことだ」

と、村山高志は呻くように言った。「親父が……。とんでもないことをしてくれた」

——あの駅前のビジネスホテルの一階。

私と夕子はそこで結局昼食をとることになった。

「あの村山兼吉のシャツに付いていた血は、橋口涼《はしぐちりょう》のものでした」

と、大宅が言った。

「おじいちゃんが人殺し？」

と、あかりがため息をつく。「私、東京に戻るわ」

「そうね……」

と、浜中百合が肯《うなず》いて、「泊めてもらうどころじゃなさそうね」

「ごめんね、百合」

「あかりのせいじゃないよ」

と、百合が言うと、隣に座っていた沢井が、

「俺……電車賃、持ってない」

と、情ない声を出した。

ともかく、捜査が進まないと、私たちも帰るに帰れない状況になっていた。

そして、村山兼吉は今、県警の取調べを受けており、息子の高志、妻のみすず、娘のあかりの一家は、このビジネスホテルの一階のラウンジに集まっていた。

「——皆さん、大変ですね」

と、やって来たのは、このホテルのフロント担当の小久保だった。「よろしければコーヒーでもお出ししますよ」

「頼むよ」

と、高志が言った。

「私も」

と、あかりが言うと、

「俺……腹減った……」

と、沢井がおずおずと言った。

「朝、あんだけ食べたじゃないの」

と、百合が呆れる。

「でも……」

「分るよ。若いんだものな」

と、高志が言った。「親父のことで迷惑かけてるんだ。いいよ、昼食は俺がおごる」

「本当ですか！」

沢井がパッと目を輝かせて、「じゃ、カレー大盛り！」

「それなら私も食べるわ」

と、あかりが言って、結局、居合せた全員がカレーを食べることになった。

「――どうもお待たせして」

と、大宅が入って来て、みんなでカレーを食べているのを見て目を丸くした。

私は夕子と二人、先に昼を済ませていたので、

「どうだね？」

と訊いた。

「はあ。何を訊いても、兼吉さん、『どうしたって?』と、ぼんやりしているだけで……」

「そうか。——僕らがいても、もう役に立つことはなさそうだな」

と、私は言ったが、

「お願いです! もう少し待って下さい」

と言ったのは、高志だった。「偉い警部さんに調べていただいた方が……」

「ちゃんと県警の人が調べてるよ」

と、私は言った。「警視庁の管轄じゃないし……」

そこへ、息を切らして駆け込んで来た女性がいた。

「何があったの!」

髪を振り乱して、下着の上にコートをはおったという様子。

「——あんたは?」

と、高志がびっくりしている。

「何ですって? 私のこと知らないわけないでしょ!」

「あ! バーのママ!」

と、高志が目を丸くして、「あんまりいつもと違うんで……」

「年中店に来てるくせに、何よ!」

と、女はムッとした様子で、「それより、今聞いたのよ。涼ちゃんが殺されたって、本当なの？」

大宅が肯いて、

「そうなんだ」

と言った。

「まあ……。どういうこと？」

女は力なく椅子にかけた。

バー〈S〉のママで、秋山恵子《あきやまけいこ》というのが女の名前だった。

事情を聞くと、

「あんたのとこのおじいちゃんが？」

「まあ待ってくれ。そうとはまだ……。それに、親父は何も分らねえで、歩き回ってたんだ」

「だからって……」

と、秋山恵子は言いかけたが、「――あんた、何よ、人のことジロジロ見て」

と言ったのは、大宅に向ってだった。

大宅がポカンとして、ずっと秋山恵子を見ていたのである。

「や、ごめんなさい！」

と、大宅は言った。「ただ——本当にバーのママなのかと……」

「あんたね……」

「いや、悪気じゃないんだ！　ただ、もっと若いのかと思ってたんで……」

「それって悪気でしょ」

と、バーのママは苦笑いした。「そりゃ、お店に出てるときは、しっかり化粧してるしね。それに店の中は薄暗いから」

「ああ、そうか。——こんな明るい所で見たことないもんな」

「あんたね。私、交番の前を年中通ってるよ。買物したり、郵便局に行ったりね。全然気が付かなかった？　よくお巡《まわ》りやってられるね、全く」

「それに、あの子が来てからは、あの子のことばっかり見てたしな」

と、高志が言った。

「そんなこと……」

大宅がどぎまぎしている。

夕子が、秋山恵子の方へ向くと、

「橋口涼さんっていいましたっけ」

「あの子？　ええ、そう名のってたけど。本名かどうかは知らないわよ」

「雇ったのは？」

「一年くらい前かしら。一年半かな。——旅してるみたいで、バッグ一つさげて、昼間にフラッと入って来たの、お店に。『子供は来ちゃだめよ』って言ったら、『もう十八よ』って言って、『ここで働かせて』って……」

「じゃ、身許も分らないのに？」

「あんな小さなバー、いちいち身許なんか訊かないわよ。ともかく、私もそろそろ年齢《とし》だし、どうしようかと思ってるとこだった。よく見ると、なかなか可愛い子で、ちょっと派手なもんでも着せりゃ格好がつくと思ってね。『大した給料払えないよ』って言ったら、『ご飯食べられりゃいい』って……」

と、恵子は言った。「その晩から、〈りょう〉って名で店に出したわ。おかげで客も増えたし、あの子も客の相手が上手だった」

「確かに」

と、高志が肯いて、「こんなおやじの話でも、じっくり聞いてくれた。ニッコリ笑うと、えくぼができて、可愛かった……」

「評判になって、他の町からもお客が来るようになったわ」

と、恵子は言った。「七、八か月たって、お給料も上げたの。そしたら、それまでお店に泊ってたんだけど、小さなアパートを借りて、そこへ越してった。——帰る途中だったのかね」

「場所からみて、そうだろうな」

と、大宅が言った。

夕子が大宅を見て、

「涼さんのアパートを知ってたんですか？　行ったことが？」

大宅がパッと赤くなった。返事をしたのも同じだ。

「まあ……」

恵子が目を見開いて、「あんた、まさか涼ちゃんに振られて、その恨みで……」

「やめてくれよ！　そりゃ、何度かあの子のアパートに泊ったことはあるけど……」

「何だと？」

今度は高志がいきり立って、「涼ちゃんの所に泊った？　それじゃお前――」

「怒んないでくれよ！　俺はただ……」

「あの子に手を出したのか！　お巡りのくせに！」

「そういう言い方はねえだろ！　涼ちゃんだって、俺のことを好きだと……」

言いながら、大宅は涙をポロポロとこぼしていた。

「冷静になれ！」

と、私は怒鳴った。「警官なんだぞ、君は！」

「す、すみません……」

大宅はハンカチで涙を拭った。

「――そうだったの」

と、恵子は肯いて、「涼ちゃんは、一人でいるのが好きな子だった。きっと、大人から傷つけられて来たんだな、と思ったわ。――大宅さんと、そういう仲だったんだね。そりゃ良かった。好きな男もいないまま殺されちゃ、可哀そうだものね」

大宅は声を上げて泣き出した。

泣きたいだけ泣かせておかなきゃ止まるまい。

私はコーヒーを飲もうとして、カップが空になっているのに気付いて、

「もう一杯くれ」

と、小久保へ言った。

すると、夕子が口を開いた。

「ねえ。――村山兼吉さんに会わせていただけません?」

5 会話

四畳半ほどの小さな部屋の中に、老人はポツンと一人、椅子に腰かけていた。

他にはテーブルが一つ。向い合って、もう一つ椅子が置かれていた。

私がドアを開けて、盆を手にした夕子を中へ入れた。

「村山兼吉さん」

と、夕子は言った。「ずっと座ってらして、お疲れでしょ？　コーヒーを淹《い》れたの。いかが？」

夕子は盆からコーヒーカップを村山老人の前に置いて、もう一つのカップをテーブルの反対側に置いた。

「私もいただきますね」

と言って、夕子は老人の向いの椅子に座った。

私はドアを閉め、傍の壁にもたれて立っていた。

兼吉の、表情のない顔つきは一向に変らなかった。

いや、しかし――コーヒーの香りが立ち上ると、兼吉の表情が少し動いた。

「新しい豆を挽《ひ》いたんです」

と、夕子は言った。「いい香りがするでしょ？　ドリップでていねいに淹れたんですよ」

コーヒーカップは、ちゃんと受け皿にのせてあり、金の小さなスプーンが添えられていた。ミルクのピッチャーも、一つずつの陶製である。シュガー入れもカップと同じ柄だった。

「すてきなカップでしょ？」

と、夕子は言った。「これ、オーストリアの本物のアウガルテンなんですよ。ね、いい色じゃないですか、この赤と金のバランスが凄く……。ミルクは？」

兼吉が夕子を見た。それまで、およそ何も見ていなかったような目が、はっきりと夕子を見ていた。

そして、コーヒーにミルクをそっと注いだ。金色のスプーンで少しコーヒーをかき回す。

「お砂糖は？」

夕子の問いに、兼吉はゆっくり首を横に振って、カップを手にすると、そっと口もとへ運んだ。

夕子も一緒にコーヒーを飲む。

兼吉は一口飲むと、深々と息をついて、

「旨い……」

と呟くように言った。

「良かった」

夕子が微笑んで、「じっくり淹れたかいがありました」

兼吉は、ふしぎそうに夕子を見て、

「あんたは誰だね……」

　と訊いた。

「大学生です」

「大学生か……。若くていいね」

「あの人も若かったんですよね。〈りょう〉さんって人も……」

「ああ……。何だかさっきから訊かれてる人だね。私が殺したとか……」

「憶えてます？」

「さあ……。最近、ポカッと時間が飛んでしまうことがあるんだ……。その間、何をしていたのか……」

「月は出てましたか？」

　夕子の問いに、兼吉は、

「月？」

「ええ。月明りはありましたか？」

「いや……なかったと思うよ。暗い所を歩いていた……」

「そうなんですよね」

　と、夕子は肯いて、「あの現場は、田んぼのずっと奥の方です。月がなけりゃ、何も見えなかったでしょう。もしあなたが、自分でもよく分らない内に〈りょう〉さんを殺したとしても、あの溝に死体を隠せなかったと思います。真暗で、どこがどこだか分らなかったでしょう」

「そう……だったかね」

「でも、あなたの下着にはあの人の血が沢山《たくさん》染みていました。――もし、あなたが刺しただけなら、返り血は飛んでも、あんな風に下着がぐっしょり濡れるようなことはありません」

「どうも……よく憶えとらんが……」

「あなたは、このコーヒーのおいしさを、ちゃんと理解されました。カップの良さも。たとえ記憶が空白になっても、目のさめるようなものに出会えば、ちゃんとそれに反応される人です」

「私は……」

「あなたは、夜道を歩いていて、〈りょう〉さんに会ったんじゃないですか？　夜道で、彼女は懐中電灯を持っていたでしょう。十九歳の女の子を見て、あなたは我に返った」

「そうだったか……」

「〈りょう〉さんは、あなたのことを高志さんから聞いてたから、『ちゃんとお家に帰って下さい』と言ってくれたでしょう。あなたは、家へ戻ろうとした」

「あの子は……優しかった。送ってくれると言って……」

「そうだったんですね。家の近くで、あなたは別れた。そして……」

兼吉が辛そうに顔をしかめた。

「申し訳なかったと思うよ。私を送ってくれなければ、あんなことには……」

と、呻くように言った。

「本当のことを言って下さい」

と、夕子は言った。「〈りょう〉さんのためにも」

兼吉はコーヒーをゆっくり飲み干すと、

「――殺したのは私だ」

と言った。「はっきり思い出した。私がやったんだ」

「違いますね」

と、夕子は言った。「あなたはかばってる。息子さんを。やったのは高志さんです。そうでしょう？　自分がやったことにすれば、きっと重い罪にはならないと思って――」

「いや、高志じゃない！　あいつは……〈りょう〉さんに惚れていた……。でも、あいつは……」

兼吉が泣き出した。

ドアが開いて、高志が入って来た。

「親父……」

「何しに来た！　やったのは私だ！」

「待ってくれ！　じゃ、俺があの子を殺したと思ったのか？　俺じゃないよ！」

「――何だと？」

兼吉は高志を見上げて、「しかし、明りが見えた。それからあの子の悲鳴が……。駆けつけたが、もう息がなかった……」

「だからって――」

「あんな時間に、明りを持って歩いてる奴が他にいるか？　てっきりお前がやったとばかり……」

「違う！　俺じゃない。俺は親父が出てったのに気付かないで寝てたんだ」

「そんな……」

兼吉が呆然としている。

夕子が立ち上って、

「夜中でも起きている人はいますよ。それが仕事なら」

と言った。「もちろん、懐中電灯も持っている。停電したときのために」

夕子はドアを大きく開けた。

ホテルのラウンジにいた面々が立っていた。

大宅がバタバタと駆けて来ると、

ます」

「見付けました！」

と、息を切らしながら言った。「焼却炉の中に、燃え残ったズボンが。血が付いてい
「何の話？」

と、あかりが言った。

「あんたも、〈りょう〉に惚れていたんだな」

と、私は言った。

あのビジネスホテルの小久保が、青ざめていた。

「こいつ！」

大宅が小久保を殴った。小久保が引っくり返る。

「よせ」

と、私は言った。「警官なら、冷静になれ」

「はい……」

大宅は右手を痛そうに振って、「私は、あの子の恋人でした……」

と言った。

夕子が、秋山恵子へ、

「コーヒーのセット、貸していただいて、ありがとうございました」

「いいえ」

恵子はため息をついて、「あの子のことは、みんなが忘れずにいてくれるでしょう」と言った。

大宅が、またグスグス泣き出した。これ以上付合っちゃいられない！

「――早く東京へ帰ろう！」

私は急いで夕子を促したのだった。

悪夢の来た道

1　火事

　ラッシュアワーが始まろうとする時間だった。

　地下鉄のホームは、ほぼ人で埋っていたが、まだ身動きが取れない、というほどではなかった。

「開演には間に合うわね」

　と、夕子が言った。

「ああ。地下鉄ならせいぜい二十分だろ」

　と、私は言った。

「十七分」

　と、夕子は言った。「スマホによるとね」

　――永井夕子と私は夜七時開演のコンサートに行こうとしていた。

平日の夜、のんびりとクラシック音楽のコンサートなど、警視庁捜査一課にいる身としては、真《まこと》に珍しいことだった。

〈電車が来ます〉という文字が点灯して、暗いトンネルの奥から電車の響きが近付いて来る。

「間に合ったじゃないの」

という女の子の声。

「走らなくても良かったか」

一緒にいる男の子は息を弾《はず》ませている。

二人とも大学生だろう。女の子は明るい色のセーターがよく似合っていた。いかにも都会的な垢抜けた大学生そのものである。

「だめね、ちょっと走ったくらいで、息切らして」

と、女の子がからかうように言った。

「君は陸上部じゃないか。比較しないでくれよ」

と、男の子の方が苦笑する。

「電車が来るわ」

と、女の子が言った……。

ライトがまぶしく目を射《い》て、電車がやって来る。

そのとき――男の子がホームの端に向ってよろけた。

「危い！」

女の子が叫んだが、手を伸ばしても男の子を捕まえることはできなかった。一瞬の間があって、男の子の服をつかんで引張ったのは夕子だった。

電車が目の前を通り過ぎる。私も動けなかった。男の子と電車とは、ほんの数センチしか離れていなかっただろう。

しかし、ともかく男の子はぶつからずにすんだ。夕子が思い切り引張ったので、ホームに尻もちをついてしまったのだ。

「――もう！　ぶつかるところよ！」

女の子が男の子の方へかがみ込んで、叫ぶように言った。

「びっくりした……。今……ぶつかった……」

男の子は呆然としている。

「そうよ！　電車にぶつかるところだったのよ！」

「いや……誰かがぶつかったんだ……」

「え？」

「後ろから当って来た。――僕、突き落とされそうになったんだ」

男の子は座り込んだまま言った。

「ありがとうございました」

と、女の子が頭を下げた。「おかげで三木《みき》君が無事で……」

「大学生同士よ」

と、夕子が言った。「大学、どこ?」

「N大です。——ええ、三木君も」

「優秀ね。私、永井夕子」

コンサートがあるので、さっさと行ってしまおうとした私と夕子だったが、何とその二人の大学生、三木成也《しげや》と梶本岐子《かじもとみちこ》も、同じコンサートに行くところだと分ったのである。

かくて、コンサートの後、私たちとその二人とは、一緒に「お茶する」こととなったのだったが……。

「——宇野さんって、刑事さんなんですか」

と、梶本岐子が言った。

「一応ね」

と、私は言った。

「すてきですね、大人の風格があって」

と、岐子は言って、「お話があるんです。聞いていただけますか」

全く！　夕子といると、いつもこういうことになる……。

「さっき、ホームで三木君、誰かに突き落とされそうになりました。でも、今日が初めてじゃないんです」

と、岐子は言った。

「岐子……。お話ししても迷惑かも……」

「話してみなきゃ分らないじゃないの！　おとなしく殺されるつもり？」

岐子が怒ったように言った。

「ともかく話してみて」

と、夕子が言った。「それと、あんまり大きな声で『殺される』とか言うと、他のお客がびっくりするわ」

「すみません」

と、岐子がちょっと舌を出した。

「ともかく話してごらん」

と、私は言った。「役に立てるかどうか分らないがね」

「ええ……。それが妙なことなんです」

と、岐子は言った。「三木君と私、この前の夏休みの終りに、車で二泊三日の旅行に出かけたんです。――帰りに、幹線道路が混んで大変だったので、回り道しようってことになったんですけど、どこで道を間違えたのか、山の中へ入って行ってしまって……。夜中になって、ともかく山の中で車を走らせてると……」


「あれ、何かしら？」

と、岐子が言った。

道の先の方が妙に明るくなっていたのだ。

「コンビニでもあるのかな」

と、ハンドルを握った三木成也が言った。

「まさか。そういう明るさじゃないわ」

車がカーブを曲ると――突然それが目に入った。

「火事だ」

と、成也が言った。

家が炎に包まれていた。かなり大きな一軒家で、炎の明るさが手前から見えていたのだ。

車を停めると、成也は、

「見て来る」

と、シートベルトを外した。

「危いわよ！」

と、岐子は止めたが、

「大丈夫。そばには寄らないよ。でも、誰かいたら大変だろ」

成也はそう言って、車から降り、燃えている家の方へと駆けて行った。岐子も車から降りて、不安な思いで成也を見守っていた。

成也は燃え上る炎の熱で、とても近くまでは行けなかった。人が中にいるとしても、とても助け出せる状況ではなかったのだ。

すると――そのとき、燃えている家の向う側から、男が一人、現われた。

ジャンパーをはおり、長靴をはいている。家の中から逃げ出して来たという様子ではなかった。

少し離れて、炎に包まれた家を眺めている。

成也は、

「大丈夫ですか？」

と、声をかけた。

すると男はびっくりしたように成也を見た。全く気付いていなかったのだ。

「あの――」

と、成也が言いかけると、男はなぜかあわてて逃げ出した。

「ちょっと！　待って下さい！」

と、成也が呼んだが、男は夜の暗がりの中へと消えてしまった。

しかし、成也は炎の明りに照らされた男の顔を、はっきりと見ていた。

車の所へ戻ると、

「焼け落ちるよ、もうすぐ」

と、岐子へ言った。

その言葉の終らない内に、その家は音をたてて炎の中に崩れ落ちた。

「今、誰かいたわね」

「うん、声をかけたら逃げてった。あの家に火をつけたのかもしれないな」

「あ……。サイレンだわ」

夜道の先に車のライトが見えて、パトカーがやって来た。

消防車の方が必要だが、もう今から火を消しても仕方ないだろう。

車から降りた制服の警官が、二人の方へやって来た。

「君たちは何してるんだ？」

と、成也たちへ言った。

「道に迷って。旅行の帰りなんです」

と、成也は言った。「この家が燃えてたんで、びっくりして……」

「そうか。大学生？　――ここは空家だったんだ」

と、警官が言った。「大方、隠れてタバコでも喫《す》ってたんじゃないかな、高校生あたりが」

「僕、見ました」

と、成也が言うと、警官は目をパチクリさせて、

「見た？　何を？」

「男が一人、逃げて行きました。ここに火をつけたんじゃないですか？」

「男が？」

「ええ。僕が声をかけると、ギョッとして、駆けて行ってしまったんです。でも僕、顔を見ました。はっきり憶えてます」

と、成也は言った。

「そうか」

警官は、なぜだか少しの間、ぼんやりしている様子だったが、「――ともかく、君たち、これから東京へ帰るんだろ？　もう行っていいよ」

「はあ……」

「念のために、学生証を見せてくれるかな？」

三十代かと見えるその警官は、二人の学生証を見て、住所などをメモすると、

「――ありがとう。何か必要があれば連絡するよ」

「じゃ、成也、帰りましょ」

と、岐子が成也の腕を取った。「ここから国道へ出る道ってありますか？」

「ああ、少し戻って、左折――いや、こっちから見ると右折する道がある。そこを行くと自然に国道へ戻れるよ」

「ありがとうございます！　さ、成也、行こう！」

「うん……」

成也は何だかスッキリしない気分で、「いいんですか、どんな男だったか、とか聞かなくて」

「必要があれば連絡する」

と、警官はくり返した。「さ、もう行ってくれ」

「成也！　早く行こう！」

岐子にせかされて、成也は車に戻ると、Uターンして言われた通りに国道へと戻って行った……。

「でも――」

と、成也は言った。「それきり、何の連絡もないんです。いくら空家だからって、火をつけていいわけじゃないでしょう？」

「成也のお父さん、故郷の町で消防団長をしてるんです。それで成也も……」

と、岐子が言い添える。

「それが二か月くらい前です。僕、あのときお巡りさんの連絡先も訊いていたんで、電話してみました。でも『そんな話は知らない』って言うんです」

「妙な話ね」

と、夕子が言った。「でも、命を狙われるっていうのは？」

「僕、見たんです、TVで」

と、成也が言った。

「何を？」

「この間、どこだかの王女が日本の木彫りの人形を好きで、それを作ってる村を訪ねるって番組があって。作業所っていうか、工房みたいな所を、村長って人が案内してたんですけど……」

「それが？」

「そのとき、TVにはっきり映ってたんです。あの火事のときに見た男が」

「村の人ってこと？」

「その男、村長でした」

と、成也は言った。

2　偽証

「たぶんこの辺だったと思うんですけど……」

車のスピードを落とし、ゆっくり走らせていると、梶本岐子が言った。

「よく見てくれよ」

と、ハンドルを握った私は言った。

「はい。すみません。夜と明るい昼間だと、ずいぶん違って見えて……」

「当然よね」

と、夕子が言った。「ともかく、例の村に近いのは確かね」

――私と夕子は、梶本岐子を乗せて、問題の火事のあった場所を捜してドライブしていた。

三木成也を同行しないで、岐子を連れて来たのは、成也のことは向うもよく知っていると思われたからだ。岐子の方が知られていないだろう。

それでも、岐子はヘアスタイルも変え、メガネをかけ、服装も全くイメージの違うものにしていた。

「どうしたの？」

と、夕子は言った。

私が車を停めたからだ。

「――ここじゃないか？」

と、私は後部座席の岐子に訊いた。

「でも……焼けた跡らしいもの、ないわよ」

「もう何か月かたってるんだ。様子が変っていてもふしぎはない」

そこは、道の両側に続く林が、不自然に途切れた空間だった。

「――そうですね。ここだと思います」

少し考えて、岐子が言った。

「降りてみよう」

私たちは車を降りて、その空地へと入って行った。

「もう草が生えてる」

と、夕子が言った。

少し歩いてみると、やはり間違いない。

「これを見ろよ」

と、私は足下を指して、「わざと草を植えて隠してるけど、これは土台の石だ」

「じゃあ……焼け跡のがれきとか、片付けちゃった、ってこと？」

「そうだろう。徹底的にね」

正に、柱の一部、ガラスのかけら、瓦の一枚も残っていない。

普通、火事で全焼しても、部分的には焼け残ったところがある。それに、細々した品物が残っているはずだが、それもない。

成也の言葉によると、あの地下鉄のホームから突き落とされそうになったので三度めだという。

一度は大学からの帰り、猛スピードの車にはねられそうになった。そしてもう一つは、工事中のビルの近くを歩いているとき、頭上から分厚いタイルが数枚落ちて来たのだということだった。

むろん、偶然ということもあり得る。しかし、この火事の跡を見ると、何かあったに違いないと思えてくる。

そのとき、

「おい！」

と、怒鳴る声がした。「何をしてる！」

警官だった。自転車を放り出して、駆けつけて来る。

「ここで何をしてる！」

と、凄い剣幕だ。

「落ちついて」

と、私は言った。「ここに確か家があったなと思ってね」

「どうしてそんなことを……」
三十五、六というところか。これはおそらく三木成也が会ったという警官だろう。
岐子の方をちょっと見ると、私に小さく肯《うなず》いて見せた。

「怪しい奴だ！　一緒に来てもらおう！」

と、その警官は今にも手錠をかけそうな勢いだった……。


「これは失礼しました」

その警官は、高井《たかい》といった。「まさか警視庁の方とは……」

日向村という村の中の駐在所。――私は、ここへ来てから身分を明かした。

「あそこの家で何かあったんじゃないかね？」

私はわざと少し偉そうにして言った。こういうタイプが相手だと、その方が効果的だ。

「はあ、実は――」

高井は咳払いして、「住んでいた女性が死体で発見されまして」

「何だって？　そんな記事は見たことがないが」

「殺されたのかどうか、はっきりしなかったものですから」

と、高井は言い訳めいた口調で、「何分、家が全焼して、その焼け跡から発見されたので、身許を確かめるのも容易でなく……」

「はっきり分ったのか？」

「はい。おそらく、あの家に住んでいた、北村治子《きたむらはるこ》という女性だろうと……」

「『おそらく』だって？　DNA鑑定もしなかったのか？」

「何しろ、こういう山の中の村ですので」

「しかし、もし殺されて放火されたのなら大事件じゃないか」

「おっしゃる通りで」

高井は汗を拭いている。

「北村治子といったか。どういう女性だったんだね？」

「はあ……。財産持ちでした。数年前に、この村の外れの土地を買って大きな家を建てたそうです。私がこの村へ来たのは、その後ですが」

「北村治子の家族は？」

「いえ、一人暮しでした。年齢は四十ぐらい……でしょうか。派手な暮しぶりで、この村にはおよそ似つかわしくない女でした」

「それで、何の捜査もしなかったのかね？」

「いえ、一応村の者に話を聞きましたが、誰も北村治子を殺したと言う者はなくて」

当り前だろう。――私はそう言いそうになるのを、何とかこらえた。

「それはいつごろのことだね？」

「そうですね。二か月ほど前です」

「ふむ……。県警が捜査に乗り出すこともなかったのか？」

「は、それは……。単なる失火ということで届けてありますので」

それでは「もみ消し」と言われても仕方ない。――何かあるのだ。

「宇野さん……でしたか。あの家にどうして関心を……」

「東京で起った事件に関連して、あの家の持主の話を聞く必要があってね」

と、私は適当に話を作って、「しかし、何もなかったというだけでは……。その女性について、話を聞ける相手はいないのかね？」

「そうですね……。知り合いというか、彼女と付合っていた男はいました」

「その男に会いたい」

と、私は言った。「案内してくれ」

「はあ……。その……」

と、高井は口ごもって、「水浜《みずはま》という男なのですが。水浜勇二《ゆうじ》といいます。今、水浜は入院中でして」

「入院？　病気か」

「いえ、ちょっと——車にはねられたんです」

と、高井は言った。


「あの女のことか。もちろん、よく知ってる。俺の女だったからな」

水浜勇二は得意げに言った。

「それはつまり、彼女と関係があったと……」

「当り前さ」

と、水浜はニヤリと笑って、「まさかトランプして遊ぶだけってことはないだろ。いい女を相手にしてさ」

足を骨折して、病院のベッドで寝たきりの水浜だったが、病院はあの村から車で三十分の町の中。そしてその総合病院の一番高い個室に、水浜は入っていたのだ。

「彼女の家が焼けた夜、君はどこにいたんだね？」

「あの夜かい？　村の集まりで飲んでたよ」

と、水浜は言った。「村長さんのおごりでな。みんな遠慮しねえで飲んでた」

「村長？」

「ああ。泡口《あわぐち》さんだ。村じゃ人気者さ」

と、水浜は言った。「しかし、治子は俺を選んだ。分るだろ？　俺はもてるんだ」

泡口という村長、三木成也が、火事の現場で見たという男だ。

「あの女がどうかしたのかい？」

と、水浜は言った。

「殺されたのかもしれないという疑いがあるのでね」

と、私は言った。「改めて話を聞きに来るよ」

水浜は面白くなさそうに、病室を出ようとした私へ、

「おい！　俺は村長と一緒だったんだぜ！　忘れるなよ！」

と、声をかけた。


その町の駅前に車を停めると、私たちは駅の正面にあるレストランに入って食事をとった。

「――あの水浜って男、うさんくさいわね」

と、夕子が言った。

「その点、高井巡査も、だな」

と、私は言った。

「成也は嘘ついたりしません」

と、岐子は腹立たしげに言った。「どうかしてるわ、みんな！」

食後のコーヒーを頼むと、若いウェイトレスが、

「どうぞ」

と、三人にコーヒーを出して、「あの……さっき水浜って名前が聞こえたような気がして……」

と、おずおずと言った。

「ああ、君、知ってるのか？」

「水浜勇二って人ですよね。今入院してるとかって……」

「ああ、そうだ」

「聞いて下さい。水浜って、私の仲良しだった女の子に言い寄って、しつこくつきまとって大変だったんです」

と、そのウェイトレスは座り込んで、訴えるように言った。

山崎咲江《やまざきさきえ》という二十歳前後のウェイトレスは、この同じレストランで働いていた友達の女の子について、話したのである。

神田充子《かんだみつこ》というその子は、やはりここでウェイトレスをしていたが――。

「水浜がここへ食べに来るんです。ときどきですけど」

と、咲江は言った。「でも、ちょっと可愛い子がいると、お客にも平気で声をかけるのでみんなに嫌われてました。大体、自分がもてると思い込んでるなんて、おかしいですよね」

「どういうわけか、自信があるようだね」

「それで、充子が、たまたま水浜のテーブルに料理を出したりしていて、ステーキの焼き方がオーダーしたのと違うと文句を言われて。充子のせいじゃなかったけど、お詫びに、ってデザートをサービスで出したんです。そしたら、水浜が、てっきり充子の方が気があると思い込んで、それ以来、しつこくデートに誘って来て……」

「ひどい勘違いね」

と、夕子が言った。

「そうなんです！　充子は断り続けて、何度も『お付合《つきあい》する気はありません』って言ったのに、水浜は充子のアパートにまで押しかけたんです」

「ストーカーだね、完全な」

と、私は言った。「警察へ届けたの？」

「充子について、私も一緒に行きました。でも、相手にされなかったんです」

と、咲江は悔し涙を浮かべて、「『君の方が誘ったんじゃないの？』って言われて。充子は諦めて、ここを辞めて町を出て行ってしまったんです」

「それは……。困ったもんだな」

ストーカーによる凶悪な犯罪も、何度も起っているのに、肝心の警察官の方が女性の立場に立たないことが多いのである。

「私、腹が立って……」

と、咲江は言った。「今、水浜ってどうしてるんですか？」

車にはねられて足を骨折している、と話すと、

「――でも、どうしてそんな高い病室に入れるんでしょうね」

と、咲江は言った。

「水浜は何の仕事をしてるんだね？」

「分りません。いつもブラブラしてるばっかりで……。あなた、刑事さんなんですか」

「まあね」

「じゃ、調べて下さい。あの水浜は怪しげな商売に手を出してるに違いないって私の直感、絶対正しいと思ってます！」

と、咲江は力強く言った……。

3　村長

「もてると誤解してる男、それが鍵ね」

と、夕子が言った。

「あの火事の件は……。今からじゃ、何も残っていない」

と、私は首を振って、「怪しいだけじゃ、手は出せないよ」

東京へ戻った私と夕子は、三木成也と話をするために、N大近くのレストランに入っていた。成也は梶本岐子と一緒にランチを食べに来ることになっていた。

「――あら、電話」

夕子は自分のケータイを取り出して、「あのウェイトレスの咲江さんからだわ」

夕子は声が外へ聞こえるようにして、

「永井夕子です」

「あ、私、ウェイトレスの山崎咲江です」

「この間はどうも。何か？」

「会ってお話ししたいことが。私、用事があると店に言って、東京へ出て来てるんです。会ってもらえませんか？」

私も仕事柄、人の話を聞くのは慣れている。山崎咲江の口調は真剣そのものだった。

「いいとも」

と、私は言った。「宇野だ。今、N大の近くにいる。来られるかね？」

夕子が、今咲江のいる駅を聞いて、ここへ来る電車と道順を説明した。

「分りました。すぐ向います！」

咲江は張り切った様子で言った。

「――どうしたのかしら」

「何かあったんだな、きっと。しかし、水浜はまだ入院してる」

「ここまで、迷わなけりゃ二十分で来ると思うわ」

と、夕子は言った。「あ、岐子さんたちよ」

私たちはガラス越しに表の見えるテーブルについていた。

道の向いから、成也と岐子が横断歩道を渡って来るのが見えた。

「――この間はありがとうございました」

レストランに入って来てテーブルにつくと、岐子が言った。

「しかし、あまり見通しは良くないんだ」

と、私は言った。「手掛りといっても、もうすべてが片付いてしまっている。本当は、焼死した北村治子の死体について、もっと詳しく当るべきだったが、今となっては……」

「でも成也は確かに、あの村の村長を見てるんです」

と、岐子は言った。

泡口という村長については、調べてみた。村ではともかく人気がある。

村のために、道の整備や保育所の開設などに尽力《じんりょく》し、成果を上げているらしい。

ランチを取りながら、私はその話をした。

「もちろん、三木君の話を信じないわけじゃない。ただ、泡口村長について、現地の警察は全く疑っていない」

「じゃ、どうして成也が狙われるんでしょう？」

岐子は不服そうに言った。

「そこだ。――村として、泡口村長を守ろうとしているように見える」

そのとき夕子が表に目をやって、

「咲江さんだわ」

と言った。

道の向い側に、山崎咲江の姿が見えた。

地下鉄の出口を間違えたのだろう、N大の側へ出てしまって、キョロキョロしている。

「呼んで来るわ」

と、夕子が席を立って、レストランから出て行った。

そして、横断歩道のこちら側で手を振ると、向うにいた咲江も気付いて手を振り返す。

赤信号が切り換って青になり、咲江がこっちへと渡って来る。――そして、何が起ったのか、私も一瞬分らなかった。

車が一台、スピードを上げて走って来た。そして赤信号なのに、横断歩道の咲江へと――。

夕子がとっさに叫んだ。咲江が足を止めた。

もし咲江が歩き続けていたら、車にもろにはねられていただろう。咲江が夕子の声で足を止めたので、それは避けられたが、車に引っかけられて咲江は道へ投げ出された。

私は急いで表へと飛び出した。

走り去る車はもう見えなくなっている。

「大丈夫か！」

と、私は駆けつけた。

「脚を引っかけられた！　救急車を呼んで！」

と、夕子が叫んだ。

倒れている咲江の左の太腿に深い傷ができて、血が流れ出していた。

「――一一九番しました！」

と、駆けて来た岐子が言った。

私は、成也と二人で咲江の体を抱えて歩道まで運んだ。咲江は苦痛に呻《うめ》いていたが、固く唇をかんでこらえていた。

「――今の車」

と、夕子は言った。「明らかに、咲江さんを狙ってたわ」

「そうだな」

「刑事さん……」

と、咲江が苦痛に顔を歪めながら言った。「私……見たんです……」

「見たって？　何を？」

と、私が訊くと、咲江は絞り出すような声で、

「彼女を……」

と言った。「本当に……見たんです……」

そして、咲江は気を失ったらしく、ぐったりしてしまった。


「命に別状ありません」

と、医師が言った。「ただ、傷が深いので、痛みがひどいでしょう。痛み止めで眠っています」

「分りました」

と、私は肯いた。「話ができるようになるのは……」

「ここ二、三日は……。傷を縫い合せたので、三日もすれば痛みが多少おさまると思いますが」

——医師が行ってしまうと、夕子がエレベーターから降りて来た。

「どう、具合？」

私が医師の話をくり返すと、

「——そう。『彼女』っていうのが、誰のことなのか……」

「まあ、意識が戻るのを待つしかないな」

と、私は言った。

山崎咲江を運び込んだ病院で、私たちは夜まで待機することになったのだ。

「ともかく命が助かって良かった」

と、私は言った。

「はねた車は？」

「調べさせてるが、あの辺は車が多いんだ。なかなか特定できない」

「でも——山崎咲江さんが死ななかったことは、はねた人間も分ってるでしょ。咲江さんが見たことは、じきに知れるわ」

「そうだな。しかし、病院まで殺しに来ないだろ。ギャング映画じゃないんだ」

「でも用心はしてね」

「分ってる」

すると——エレベーターから、スーツを着た中年女性が降りて来た。ビジネスの世界で生きている印象の女性だ。

私たちの方をチラッと見ると、ナースステーションへ行って、

「恐れ入ります」

と、声をかけた。「山崎咲江という子が入院していると聞いたんですけど……」

私と夕子は思わず顔を見合せた。

「――失礼ですが」

と、私は声をかけて、咲江を入院させた事情を話した。

「まあ、そうでしたか……。ありがとうございます。あの子を助けて下さって」

「あの子、とおっしゃるのは……」

「咲江は私の娘です」

と、その女性は言った。「離婚したとき、夫の方が連れて行ったので、姓が違います
が」

「あなたは……」

「失礼しました」

と、その女性はバッグを開けて、名刺を出すと、「私、北村治子と申します」

私は愕然《がくぜん》とした。火事で焼け死んだはずの当人ではないか！

「まあ！　焼けてしまった？」

話を聞いて、北村治子は啞然《あぜん》とした。

「ご存じなかったんですか」

と、私は言った。

病院の向いのファミレスに入って、話を聞いていた。

「私、この二か月余り、ずっとニューヨークに行っていまして……」

と、北村治子は言った。

名刺から北村治子が一流外資系企業の幹部であることが分る。

「あの村に家を建てたのは、もともとあそこが生まれ故郷だからです」

と、治子は言った。「でも、小さいころ村を出たので、誰も気付かなかったでしょう」

「で、咲江さんとは――」

「娘のことは、この何年か調べて、やっとあの駅前のレストランで働いているのを突き止めました。夫は他の女性と再婚して、咲江を施設に預けてしまったんです」

「それじゃ、咲江さんと会っていたんですね？」

「ええ。あのレストランに行くのに便利ということもあって、村に家を建てたんです。でも、なかなか母親とは名のれなくて……。咲江がどう思っているか怖くて」

「分ります」

と、夕子が肯いて、「今日、咲江さんと会われましたか?」

「ええ……。と言っても、私が久しぶりであの駅を降りると、道の向うに咲江がいて。私を見てびっくりした様子でした。話したかったけど、それきり咲江はどこかへ行ってしまって」

「それはびっくりしますよ」

と、私は言った。「あなたは火事で焼け死んだことになってるんですから」

「まあ」

と、治子は目を丸くした。

事情を聞いて、

「じゃ、咲江は私が死んだと思っていたんですね」

「見かけてびっくりして、私の所へ来ようとしていたんです」

と、私は言った。「しかし――そうなるとあの家で焼け死んだのは誰なんだろう?」

「これは宇野さん」

高井巡査が言った。

「どうも」

私と夕子は、村議会が開かれている建物へと入って行った。

「泡口村長にお会いしたいのだが」

と、私は言った。

「今、ちょうど村議会の最中で」

と、高井が言った。「少しお待ちいただければ」

「分った」

と、私は肯いて、「水浜勇二を先ほど逮捕したよ」

高井は表情をこわばらせて、

「それは……何の容疑で？」

「誘拐、監禁でね。以前、つきまとっていた、レストランのウェイトレス、神田充子さんを誘拐して、あの留守になっていた家へ連れて来た。焼け死んだのは、神田充子さんだった」

「そんなことが……」

「北村治子さんは生きている。ニューヨークに行っていたんだ」

「そんなこととは……。では、水浜が神田充子を殺したということですか？」

「水浜は虚勢を張って生きていた男です」

と、夕子が言った。「北村治子さんのことも、付合っていたというのは嘘です。彼女が村にいるとき、声をかけても相手にされなかった。それを『自分の女』だと言いふらしていただけです」

「では――」

「あの日、水浜は村長の泡口さんと飲んでいた。水浜は酔った泡口さんに『若い娘が好きにできる』と持ちかけたんです。――泡口さんは水浜に言われるままにあの家へ行き、監禁されていた神田充子さんを見て、自分を抑えられなくなった……」

「待って下さい」

と、高井は額に汗を浮かべていた。「村長さんは決して……」

「終ってから我に返った泡口さんは怖くなった。騒がれそうになって、彼女を殺してしまい、家に火を点けたんです」

と、夕子は言った。

「水浜が怖くなって白状したよ」

と、私は言った。「いくら見栄っぱりでも、殺人罪となると話は違うからね」

「火をつけて逃げようとする泡口さんを、三木成也さんが見ています」

と、夕子が言った。「その三木成也さんの口をふさごうとしたのは、高井さん、あなたですね」

「私は……」

高井は青ざめていた。

「山崎咲江さんが神田充子さんの友人だったので、咲江さんのことも見張っていた。咲江さんが私たちに会いに来たので、真相が知れたのかと思って、君は先回りして車でひき殺そうとした」

と、私は言った。「だが、彼女が知らせに来たのは、北村治子さんが生きている、ってことだったんだ」

議場の中から拍手が聞こえて来た。

「いずれ分ることだったんだよ」

と、私は言った。「焼け死んだのは誰か。再調査することになっただろう。それに、殺人とはっきりすれば、三木成也君の証言が決め手になる」

「待って下さい」

と、高井は言った。「村長は、そりゃあ立派な人なんです。村のために、色んなことをしてくれた。村人からも尊敬されています。水浜は——あんな奴はどうなってもいい。水浜がやったことにすれば、すべては丸くおさまるんです」

「君に警官の資格はない」

と、私は言った。「原田」

原田刑事が入って来ていた。

「連行しろ」

原田が高井の手首に手錠をかけた。

議場の扉が開いて、ゾロゾロと人が出て来る。

髪が半ば白くなった人の好さそうな初老の男がファイルを抱えて出て来た。

私は歩み寄って、

「泡口さんですね」

と言った。

「ええ。――村長の泡口ですが、どなたですか？」

と、その男は、ふしぎそうに私を見て訊いた……。

悪魔の美しさ

1　握手会

「何の人だかりだろう？」

と、私は足を止めて言った。

「そうね。この寒いのに」

永井夕子がコートのえりを立てる。

実際、十一月に入ったばかりだったが、北風はほとんど真冬の冷たさだった。

といっても、ここが寒風吹きすさぶ荒野だったわけではない。

都心のショッピング街で、ただ、その中央の広場は、屋根はあっても風の吹き抜ける造りになっていたのだ。

「こちら、列の最後尾です！」

と、声をからして叫んでいるのは、ヒョロリとした若者で、〈最後尾〉と大きく書かれたプラカードを高く掲げていた。

「あら」

と、夕子がちょっと目をみはって、「あれ……」

夕子はそのプラカードを持った若者へスタスタと近付いて行くと、

「坂上《さかがみ》君！」

ポンとその肩を叩いた。

「え？　――あ、永井君か」

どうやら夕子と同様、大学生らしい。ネクタイが頼りなく曲っている。

「何してるの？」

「行列の整理」

「そりゃ分るけど、何の行列？　特売か何か？」

「違うよ、ほら」

と、目をやった先に、大きなパネルが立っていた。

〈ぼくらのアイドル！　細貝有美《ほそがいゆみ》、握手会開催！　本日午後四時より〉

「へえ、アルバイト？」

「今、彼女の事務所でバイトしてるんだ」

夕子は私を手招きして、

「坂上浩二《こうじ》君っていって、文化祭のときにお世話になったの」

坂上という若者は私を見て、

「お父さん？」

と訊いた。

その誤解をとく間もなく、行列は固まってやって来た男の子たちで更に伸びて、話をしていられる状態ではなくなってしまった。

私は宇野喬一。確かに女子大生の永井夕子とは大分年齢の違う四十男ではあるが、れっきとした（？）恋人である。

といって威張るほどのものでもないが。

「大変ね」

と、夕子は少し離れて言った。

「坂上君が？　それとも行列してる男の子が？」

「それに、こんなに大勢の人たちと握手するアイドルもよ。どんな人が来るかも分らないのに」

「それもそうだな」

私はパネルへ目をやって、「〈細貝有美〉？　知らないな。人気あるのか」

「ＴＶによく出てるけど、大スターってとこまで行かないわね。だからこうやってイベント開いてるんでしょ」

「なるほど」

「何なら、並んでみる？」

「冗談じゃない。風邪ひいちまう」

と言った私は、行列にできた隙間からチラリと見えた当のアイドルが、肩も腕も出したドレス姿なのを見て、同情する気になった。

加えて、驚いたのは、さっき列に加わった高校生ぐらいの男の子たちはともかく、よく見ると、列の中にはどう見ても私と同年代の男性が混っていることだった。

「しかし……物騒だな」

と、私は刑事の感覚に戻って言った。「行列に、あの子を傷つけようとしてる人間がいるかもしれない」

「実際、他でそんなことが起きてるのよ」

と、夕子は言った。「金属探知機で調べてる。ほら。──手荷物の中も」

「空港並みだな」

「見物してても仕方ないわね。行きましょ」

と、夕子が促した。

警視庁捜査一課の警部である私は、夜には出勤しなければならないのだ。

その前に、夕子と早めの夕食をとろうということにしていた。

広場を見下ろす位置にイタリアンの店があり、夕子が予約を入れていた。

北風がまた吹きつけて来て、私たちは建物の中へ入ろうと足を速めた。

そのとき、あの行列の方から悲鳴が上った。

「――何かあったな」

列が乱れて、騒ぎになっている。その場から駆け出す男が見えた。

「何やったのかしら？」

「ともかく追いかけよう」

そこは刑事である。ああして逃げるからには、何かやったことは間違いない。私はその男を追って駆け出した。


「――どうだった？」

夕子が私を見て言った。

「だめだったよ」

私はまだ息を切らしていた。「ともかく、人が多くて、すぐ紛れ込んじまった。――何があったんだ？」

「それが……」

夕子が言いかけて、ためらった。

広場の大理石の床に倒れているのは、見覚えのある若者で……。

「さっきの？」

「ええ、坂上君なの」

服のこげる匂いが立ちこめていた。

「――硫酸か」

「細貝有美に、並んでた男が硫酸をかけようとしたの。坂上君が、あのプラカード係を交替して、アイドルの近くに来ていたのね。男が小さなびんを取り出すのを見て、アイドルの前に立ちはだかって……」

「顔をやられたのか」

「今、救急車と、ここの医療スタッフを呼んでるわ」

私は、ハンカチで顔を覆って呻いている坂上のそばに膝をついて、

「永井夕子の知り合いだ。痛むだろう。すぐ医者が来る。――目は大丈夫か？」

と、話しかけた。

坂上は苦しげに息をついて、

「目には……入りませんでした……。とっさに目をつぶって……」

「良かった。相手を見たか？」

と、私は訊いた。「僕は警視庁の刑事だ。今、警官もやって来る」

「何だか……髪を伸した、小太りな中年男でした……」

「分った。もう少し我慢しろ」

「あの……」

「どうした？」

「有美ちゃんは……」

「有美ちゃん？　――ああ、アイドルのことか」

「有美ちゃんは大丈夫でしたか？　けがはありませんか？」

私は傍の夕子を見上げた。

「マネージャーらしい人が連れてったわ。ショックだったんでしょうね。泣きじゃくってたけど、当人は無事だったはずよ」

「それなら良かった……」

と、坂上がかすれた声で言った。

やがて救急車が来て、坂上を担架に乗せて運んで行った。

当然〈握手会〉は中止だが、その机の周りにはまだファンらしい男の子――中年男も――が、残っていた。

しかも呆れたことに、

「握手会はどうなるんですか？」

などと訊いている者までいる！

「――可哀そうに、坂上君」

と、夕子が首を振って、「犯人が捕まるといいけど」

むろん、これは傷害事件だ。警察がちゃんと調べることになるだろうが……。


大分時間は遅れたものの、私は夕子と予定した通り夕食をとった。

さすがにワインで酔って出勤するわけにもいかないので、アルコールは抜きで。

「じゃ、行くよ」

と、すっかり夜になって、一段と風の冷たい広場へ出た。

そこへ、

「あの……」

と、声がして、「さっき、バイトの学生さんと話していた人ですよね」

見れば、コートをはおった女の子だが、どこかで見たような顔。

「――あなた、細貝有美さんね」

と、夕子が言った。

さっきのアイドルか！　私はびっくりした。近くで見ると、ごく普通の女の子だ。

「坂上君とは知り合いなの」

と、夕子は言った。「救急車で運ばれて行って、その後のことは分らないけど……。

でも、ずっとあなたが大丈夫だったか、心配してた」

「私のせいで……」

と、アイドルはうなだれている。

「やった男のことは見たのかね？」

「チラッと……。でも、あんまり顔を見ないようにしてるんです。目が合っただけで、『僕を愛してくれてる』とか思い込む人がいるんで」

世の中、まともな恋愛のできない男が少なくないのだ。

「私、あの人のお見舞に行ってもいいでしょうか」

と、細貝有美は言った。

「もちろん、喜ぶと思うわよ」

と、夕子は言ったが、

「でも、私のせいで、あんな目にあって……。私のこと、恨んでるかもしれない……」

十七歳の少女は、本当に不安そうだった。

2　表と裏と

私は、夕子が待っているコーヒーショップに入って行った。

「ごめん、忙しかった？」

と、夕子が言った。

「何だい、急に」

「まあ、殺人犯は待たせとくさ」

と、私はセルフサービスのコーヒーを手に座ると、「どうかしたのか？」

「憶えてるでしょ、細貝有美を守って、硫酸かけられた坂上君」

「ああ、もちろん。どうしてるんだ？」

「もうじき、ここに来るわ」

と、夕子は言った。

あのアイドルの〈握手会〉の事件から三か月が過ぎようとしていた。

年を越して、世間では色々なことがあったので、あの事件はもう忘れられかけていた。

しかし、硫酸をかけた犯人は結局捕まらず、事件は未解決のままである。

「あの後、例のアイドルが見舞に行ってる写真が出たりしたっけな」

「ええ。坂上君に感謝してたのは事実。ただね……」

「どうしたんだ？」

夕子が店の入口の方へ目を向けて、

「あ、来たわ」

と、手を振った。

大きなマスクをしたジャンパー姿の若者が店に入って来た。

そして飲物を買って私たちのテーブルにやって来ると、マスクを外した。

「――大変だったね」

と、私は言った。

他に言いようがない。見ると、救急車で運ばれ、できる限りの手当はしたのだろうが、顔にははっきりと火傷のあとが残っている。

「少しずつ、皮膚を移植することになってるんです」

と、坂上は言った。

「今は技術が進んでるから、ずいぶん良くなるそうよ」

と、夕子が肯《うなず》いて、「ともかく目をやられなくて良かったわ」

「でも、あの男が見付かってないのは気になるよ」

と、坂上は言った。

「その点は、僕としても、警察の捜査が進んでいないことにお詫びするよ」

「僕のことだけじゃないんです。あいつは、言わばやりそこなったわけですから。また、どこかで細貝有美さんを狙うかもしれないでしょ」

なるほど。――しかし、自分がこんな目に遭いながら、まだアイドルの身を案じているのは立派なものだ、と思った。

「あれ以来、公の場に出るイベントはやめてるんですけど、何といってもスターを目指す以上、どこにも行かないわけにも……」

「アイドルも大変なんだね」

と、私が言うと――。

「そうなんです」

厚手のコートを着た、マスクをした女の子が、いつの間にかそばに立っていた。

「君は……」

私はその少女がマスクを外すのを見て、びっくりした。細貝有美なのだ！

「何度か病院にも見舞に来てくれて」

と、坂上は言った。

「当り前よ。私のせいなんですもの」

と、有美は椅子にかけた。

夕子が代りに飲物を持って来て、有美に渡した。

「だけど、一人で出歩いちゃ危いよ」

と、坂上が心配する。

「大丈夫。用心してるわ」

「でも、犯人は捕まってないんだし……」

「心配してくれて嬉しいわ」

と言うと、有美が素早く坂上にキスした。

「おい、よせよ」

坂上が真赤になって言った。

ひどい目に遭ったのだ。その代り、いいこともあって当然だろう。

しかし、そのとき、

「まあ！　またあんたなのね！」

と、苛立った声がした。

「母さん」

と、坂上が言った。「せっかく見舞に来てくれてるんだ。そんな言い方、やめてくれよ」

「何が見舞よ！」

と、坂上の母親は有美をキッとにらみつけて、「あんたのせいよ！　浩二がこんなことになったのは！」

「申し訳ありません」

と、有美は立って謝ったが、

「そう思うなら、浩二の顔を元の通りにしてちょうだい」

「それは……」

「母さん、よしてくれよ。彼女が悪いわけじゃない」

「何よ、図々《ずうずう》しい！　自分は平気でＴＶやラジオに出て！」

「それが仕事なんだよ」

「あの――私、また来るわ」

と、有美は坂上へ言った。

「もう二度と来ないで！」

と、母親は叩きつけるように言った。

「失礼します」

と、一礼して、有美は足早に行ってしまった。

「母さん……」

と、坂上がため息をついて、「彼女が悪いわけじゃないよ。分ってるだろ」

「お前は人が好すぎるんだよ。しかも、見舞うように見せて誘惑したりして！」

母親は坂上江利子《えりこ》といった。――夕子から、早くに夫と別れて、女手一つで息子を育てたとは聞いていたが……。

「まあ、刑事さんですか」

と、私のことを聞くと、「お願いです」

早く犯人を見付けてくれ、と言うのかと思うと、

「あの細貝有美って子を逮捕して下さい！」

と言い出したので、びっくりした。

「あの子に何か問題が？」

「きっと、何かインチキなことをしてるんですよ。年齢を若く言ってるとか、男と遊んでるとか」

「そんなことでは逮捕できませんね。ともかく冷静に……」

「これ以上、息子に近付いたら、私が許しません！」

坂上江利子は、かみつかんばかりの勢いだった……。

「母は強し、より母は怖し、だな」

夕子と一緒に店を出ると、私は言った。

そして、私は夕子と別れて、捜査一課へ戻ったのだが——。

「宇野さん」

原田刑事がいつもの大きな体を揺らしながら、「細貝有美の事件のとき、居合せたんでしたね」

「ああ。それがどうかしたか？」

「自分の部屋で首を吊った奴がいます」

と、原田は言った。「部屋中、細貝有美のポスターだらけだそうですよ」

私は、気になって、現場へ行ってみることにした。

二階建の古いアパートの一室。

二階の奥の部屋にその男は一人で住んでいた。

〈大川重文《おおかわしげふみ》〉と、表札にあった。

中はまだ鑑識が入っていた。死体は床に下ろされていたが、

「本当に自殺か、怪しいね」

と、検視官が言った。

「何か問題が？」

「首を吊ったロープが、天井のフックから短か過ぎるんだ」

「なるほど」

床には椅子が倒れている。私は死んでいる男の身長を測り、椅子を起こして、高さを測ってみた。

椅子の上で爪先立ちしても、ロープの輪に届かない。

「殺しか……」

私は部屋の中を見渡した。——壁にも玄関ドアの内側にも、そして天井にまで、ニッコリ笑った細貝有美のポスターが貼ってある。

それはいささか無気味な光景だった。

「こんな物が」

と、押入れを調べていた刑事が持って来たのは、茶色いガラスびんだった。

「中の液体を調べさせろ」

と、私は言った。「用心しろよ」

あれが硫酸なら……。

しかし、それはそれであまりに都合が良すぎる気がする……。

3　パトロン

「読んだ？」

車に乗って来るなり、夕子が言った。

「何だい？」

「これよ」

と、見せたのは写真週刊誌だった。

「僕らのデートが載ってるのか？」

と、私が言うと、

「笑えるジョーク」

と、夕子が眉をひそめた。「細貝有美よ」

「何だい？」

私は夕子がめくって寄こしたページを見た。

〈細貝有美がトップ！　新曲ＣＤ売上げ〉

高々と両手を上げて、ＣＤショップの店頭でニッコリ笑っている細貝有美の写真。

「きっと、坂上の母親が頭に来ているだろうな」

と言った。「ちょうどこれから行くところだ」

「どこへ？」

「ＴＶ局。――このトップアイドルに会いにね」

私は車を出した。

TV局に着いたのは、もう暗くなったころだった。

「あ、宇野さんですね」

スーツ姿の若い男が待っていた。「細貝有美のマネージャーの玉井《たまい》です」

「彼女は？」

「今、番組の収録中で。三十分もしたら終ると思いますが」

「では、ここで待っていた方がいいかな？」

「いえ、スタジオへどうぞ。終れば、もうメークも落としてしまいますから」

玉井は先に立って、TV局の長い廊下を案内した。

途中、何となく見たことのある顔にいくつかすれ違って、〈放送中〉の赤い灯の点いたスタジオの前に来た。

「大丈夫ですから」

静かに扉を開けて、中に入る。

広いスタジオの真中辺りがポッカリと明るくなっていて、セットが組まれている。

「――今、準備中です」

と、玉井が小声で言った。

「お願いします！」

と、声が響いて、セットに細貝有美が現われた。

もちろん、照明やドレスの効果でもあるだろうが、人目をひく華やかさは、いかにもスターだ。

スタジオに音楽が派手に鳴り始めた。——私などには苦手な大音響で、頭痛がしそうになる。

それでも、いわゆる「ロパク」でなく、アイドルはしっかり歌っていた。

夕子はリズムに合せて軽く体を揺すっている。

——二十年の年齢差というものか。

少し離れた所に、男が一人立っていた。

四十代だろうか。三つ揃いのスーツにネクタイ。

どこかの実業家という印象である。

腕を組んで、じっとライトを浴びている有美を見つめていた。

歌が終って、拍手が起る。

「映像をチェックします」

と、声がして、ややあって、

「OKです。ご苦労さま！」

有美がホッと息をつくのが分った。

スタジオの中が明るくなる。

「――宇野さん」

と、有美がやって来ると、「聞きました。犯人が見付かったんですって？」

「まだ確実ではないんだがね」

と、私は言った。

「逮捕されたんですか？」

「いや……。首を吊って死んでいたんだ」

「まあ……」

有美は一瞬表情を暗くしたが、「でも、もしその人なら……」

「ああ。もう心配いらなくなるね」

「早く分るといいけど……」

と、有美はひとり言のように呟いた。

夕子が、明るい口調で、

「新曲がトップになったって読んだわ。おめでとう」

「ありがとうございます」

と、有美は笑顔になって、「でも、ちょっと秘密があって」

「秘密？」

「あの方です」

と、有美が、あの三つ揃いの紳士の方を見た。

その紳士がやって来ると、有美は、

「北畑《きたはた》さんです」

と、紹介した。「こちらが警視庁の……」

「これはどうも」

北畑という男は愛想よく、「いや、有美さんの大ファンでしてね」

「北畑さんが、今度のCDを十万枚買って下さったんです」

と、有美が言った。「おかげでトップになれました」

「十万枚……」

私は唖然として、「同じCDを？」

と、馬鹿なことを訊いてしまった。

「彼女を何としてもトップにしてやりたくてね」

と、北畑は言った。「あんな事件があって、当人も落ち込んでいましたからね。励ましてあげたかったんです」

「本当に嬉しかったです。ありがとう、北畑さん」

「いやいや。有美さんが喜んでくれれば、それで充分」

「待ってて下さいね。母もご挨拶したがっていますから」

「ああ、急がなくていいよ」

と、北畑は肯いて、「じゃ、局の玄関のホールで待ってる」

「十分で行きます」

有美は玉井と一緒にスタジオを出て行き、北畑も、

「では……」

と、こちらへ会釈《えしやく》して出て行った。

「――十万枚か！」

「凄いわね。一体いくらになるんだろ」

「聴くのは一枚ありゃ充分だろ？　残りの九万九千九百九十九枚はどうするんだ？」

「知らないわ」

――私たちはスタジオを出て、玄関へと向った。

ロビーの奥のソファに、あのパトロン、北畑がゆったりと腰をおろしていた。

そこへ、玄関の扉が開いて、入って来たのは――。

「坂上君」

「やあ。――どうも」

坂上は足を止めて、「彼女に何か？」

「いや、そういうわけじゃない」

私が大川という男のことを話すと、

「そうですか！　その男が犯人なら、もう安心ですね」

「だといいんだがね」

「坂上君、あなた、どうしてここに？」

と、夕子が訊いた。

「待ち合せてるんです、彼女と」

「有美さんと？」

「ええ。ＴＶの収録が終ったら、一緒に出かけようって言われて。やっと時間が取れたんですって」

坂上の声は弾んでいた。私と夕子は何とも言えなかったが……。

「――お待たせして」

足早に、有美が現われた。坂上が手を上げて見せたが――有美は真直ぐにソファで寛《くつろ》ぐ北畑の方へと歩いて行ってしまったのだ。

北畑は立ち上って、

「レストランを予約してあるよ。さあ、車が待ってる」

と、有美の手を取った。

「一度行ってみたかったの！　有名なお店ですものね」

北畑と腕を組んで、有美は玄関へと向おうとして、坂上に気付いた。

「あ……」

有美の表情は明らかに、坂上との約束を忘れていたと語っていた。

「ごめんなさい！　あの――急に打合せが入って」

坂上は無理に笑みを作って、

「うん。――分ったよ」

「ごめんなさいね！　また……」

有美は逃げるように北畑と出て行った。正面にハイヤーが待っていた。

「あの……」

坂上が夕子を見る。

夕子が北畑のことを話すと、

「そうか……。十万枚？　凄いな」

坂上はちょっと肩をすくめた。「仕方ないな。大事なパトロンだ」

「でも……」

と、夕子は眉をひそめて、「あの北畑って人も、坂上君にひと言、お礼ぐらい言ってもいいのにね」

マネージャーの玉井が、荷物を抱えてやって来た。

「もう行っちゃいましたか？　やれやれ」

と、息をつく。

「玉井さん」

と、夕子が言った。「あの北畑さんって、どういう方ですか？」

「さあ……。実業家としか聞いていません。ファンの身許調査をするわけにも……」

「ずっと前からのファンですか？」

「いや、この二か月くらいですかね。もちろん前からファンだったとおっしゃってますが」

「じゃ、ごく最近？」

「具体的に色々援助して下さるようになったのはね。新曲の発表会のためにホールを借りてくれたり、曲の録音にも、一流のアーティストを高額なギャラで集めてくれました」

「そうですか」

私は夕子へ、

「どうかしたのか？」

と訊いた。

「ちょっと……靴がね」

と、夕子は言った。

4　危い学び

「ワインも飲んでないのに」

と、有美は言った。「酔ったみたいに、顔がほてってる」

「頬が染《そま》って可愛いよ」

と、北畑が言った。

「そんな……。慣れてないからだわ、こんな高級なお店」

と、有美はレストランのインテリアを見渡して、「こんな雰囲気、初めて。——高いのよね、きっと」

「お金のことなんか、気にすることはないよ」

北畑はワインを飲みながら、「君には最高級のものがよく似合う。こういう場所にふさわしい人だよ」

「そんな……。私なんか、まだ売れるかどうかも分らないアイドルの卵で……」

「僕が売り出してみせる。任せてくれ」

「ありがとう。でも……私はまだ十七で、これから勉強しなきゃいけないことが沢山《たくさん》あって……」

「十七歳。すばらしい年齢だよ」

「でも、まだ子供よ」

「そんなことはない。今の君は完璧だよ」

「ほめ過ぎよ……」

と言って、有美はちょっと目を伏せた。

「君、あの若い男のことを気にしてるのかい？」

「え？　あ……。坂上さん、私を守って、顔に硫酸を……」

「君を守れた。それが彼にとって何よりの幸福さ」

と、北畑は言って、「君は……あの坂上って男が好きなのか？」

「いいえ、だって……。まだ高校生だもの、私。本気で男の人を好きになるって、どういうことか……」

「それでいいんだ」

と、北畑は言い切った。「君はあんな平凡な男を愛したりしちゃいけない。君は特別な人間なんだよ。それを忘れちゃいけない」

強い口調で言われて、有美は、

「はい……」

と肯いていた。

——食事が済むと、

「今夜はごちそうさまでした」

と、有美は頭を下げた。

「どうしたんだ？」

「え？　——あの、私、適当に電車で帰りますから……」

「何を言ってるんだ」

と、北畑は笑って、「話はこれからじゃないか」

「でも……」

「さ、もう出よう。後は僕のマンションで話そう」

と、北畑は立ち上った。

「あの……私、もう帰らないと」

「肝心の話もしないで？　ソロコンサートを開きたいんだろ？」

「あ……。ええ、それは……」

「僕に任せてくれればいいんだよ。立派なホールを借りて、オーケストラも雇う。夢だったんだろ？」

「ええ……」

「じゃ、一緒においで」

有美は見えない糸に引張られるように立ち上った。

ソファとテーブルがあるだけの、どこか妙なリビングルームだった。

「新しいマンションでね」

と、北畑は言った。「まだちゃんと家具も入ってないんだ」

「立派ね。億……ですよね」

「まあね」

と、北畑は言ってソファに有美と並んで座った。

有美は反射的に北畑と離れた。

「――何だ？　僕のそばがいやなの？」

と、北畑が不機嫌そうに言った。

「すみません、そんなつもりじゃないんです」

と、有美は急いで言った。

「いや、それでいいんだよ。――十七歳の、汚《けが》れのない姿のままでいてくれた方が」

「あの……私、やっぱり帰ります」

と、有美は落ちつかない様子で言った。「私、坂上君と先に約束してたの。それを破るって、間違ってると思って」

北畑はじっと有美を見つめて、

「君はやっぱりあの男が好きなんだな」

口調が変っていた。

「そういうことじゃなくて――」

「そうなんだ！」

と、北畑は立ち上って、「あいつはいつも、僕の邪魔をするんだ！」

有美は目を見開いて、

「『いつも』って、どういう意味？」

「あのときだって、僕の邪魔をした。だけど今日は……」

北畑が上着のポケットから小さなびんを取り出した。

「あなたが……」

「君の美しさは、僕だけのものだ！　誰にも見せるもんか！」

「助けて！　やめて！」

有美は駆け出そうとしたが、足がもつれて転んでしまった。

「逃げなくていい。今日は誰も邪魔しないよ」

と、北畑が見下ろす。

だが――。

に倒れた。

坂上が拳《こぶし》を固めて、北畑の顔面へ叩きつけると、北畑はよろけて床にうずくまるよう

「邪魔してやる！」

「坂上さん！」

と、声がした。

「あいにくだね」

――私と夕子がリビングルームへ入って行くと、坂上が、

「思い出した。硫酸をかけたの、こいつだった！」

と言った。「大丈夫だよ、もう」

「坂上さん！」

有美が震えながら、坂上にしがみついた。

「――レストランでも、ずっと君らを監視していた」

と、私は言った。「行先をハイヤー会社に問い合せてね。レストランからは車で尾《つ》けて来た」

「ありがとう！」

と、有美は言った。

「――宇野さん」

玄関から、原田刑事が入って来た。

「そいつを連行しろ。大川を殺して、自殺に見せかけたんだろう。硫酸らしいものを持ってる、用心しろよ」

一発殴られて、北畑は逆らう気力を失くしたようだった。原田に引きずられるように連れて行かれる。

「殺されるところだった……」

と、有美はまだ震えていた。

「永井君のおかげだよ」

と、坂上が言った。「あいつの靴を見てね」

「靴？」

「高級なスーツを着てたけど、あのTV局のロビーで見たとき、靴が汚れてたの」

と、夕子が言った。「本当にいい暮しをしていると、靴を大事にするものよ。あんな風に汚れたままにしておかない。だから、北畑は成功した実業家なんかじゃないって思ったの」

「じゃあ……あいつは何者なんだ？」

と、私は言った。

「宝くじ?」

と、有美が目を丸くした。「あの人、宝くじに当ったの?」

「坂上君に硫酸をかけた、あの事件のすぐ後に、たまたま拾って持っていた宝くじが当ってたんだ」

と、私は言った。「それも一億円!」

「一億……。それで……」

「その金で、君のパトロンになって近付こうとしたんだ。目的は君を殺すことだったから、惜しげもなく金を使った」

夕子の大学の近くの喫茶店である。

日射しは少し春めいた暖かさを感じさせた。

「あのマンションも、賃貸だったのね。ひと月分だけ家賃を払って」

と、夕子が言った。「あ、このレアチーズケーキ、おいしい」

「私も食べよう」

と、有美が注文すると、「――少しぐらい太ってもいいの。まだ十七なんですもの」

「アイドル以前に、女の子として生きなきゃね」

「ええ。――あの大川って人を殺したのも?」

「ファン同士で、顔見知りだったらしい。硫酸をかけた犯人に仕立てれば、君と付合う時間が稼げると思ったようだ」

「でも……私のせいで人が死んだのね」

と、有美はため息をついた。「私……坂上さんとの約束を破った。——それが申し訳なくて。つい、あの北畑の外見に騙されちゃった。見たとこ立派なんて、あてにならないのね」

「一つ勉強したわね」

と、夕子が言った。

「ええ。——坂上さん、春休みに手術をするんですって。費用を、私の事務所が持つことになったの」

「それは良かった」

と、私は言って、表の方へ目をやった。「あれじゃないか？」

坂上が元気よく歩いて来る。もうマスクもしていない。

有美が立ち上って、思い切り手を振った。

行列に消えて

1　スーパー

ちょうど混む時間に来ちゃったわ……。

戸沢充代《とざわみつよ》は、混雑するスーパーの中を、人をかき分け、店内用のカートにぶつかりながら、何とか必要な物を買い終えた。

いつもなら、混雑のピークを避けて、午前中に来たりするのだが、今日は娘のしのぶが通う中学校の母親たちの集まりがあって、遅くなってしまった。

集まりといっても、名目は「中学卒業に当っての謝恩会についての打ち合せ」だが、実際は、ちょっと洒落たレストランでランチを食べるのが目的だった。

十二時からゆっくり二時間かけてランチを食べ、その後、近くのパーラーに席を移しておしゃべり。そこでまた二時間。

結局、五時近くの、スーパーが一番混み合う時間になってしまったのである。

戸沢充代は今、四十二歳、四つ年上の夫との間の娘しのぶは十五歳の中学三年生、一人っ子ということもあり、親としては多少無理をして有名な私立の女子校へ入れた。

今は一月の半ばで、もうじきしのぶは中学を卒業するわけだが、高校へはほぼ全員がそのまま進学できる。特に受験もないので当人は呑気なものだ。

今日打合せた〈謝恩会〉も、同じ高校へ上るのだから、形ばかりで、毎年会場も決っている。打合せることなど、ほとんどなかった……。

「もういいわね……」

帰って夕飯の仕度《したく》。――どのレジに並んでも同じだ。今は店の奥まで届くほど長く列が伸びていた。

一緒にランチを食べた奥さんたちは、まずほとんど自分で料理せず、お手伝いさんがすべてやってくれる人たちだ。

充代の夫、戸沢公介《こうすけ》のように、ごく普通のサラリーマンの家庭の方が少ないのである。

――買物している時間より、こうしてレジの列に並んでいる方が何倍も長い。

腕に通した店内用のカゴは、牛乳やソースなども買ったのでかなり重い。

順番が来るまでに、左腕が少ししびれて来た。

ああ……。やっと、この次の次だわ。

充代が息をついたときだった。

「あの……」

「え？」

見れば大体同じくらいの年齢の女性である。ブランド物の洒落たコートをはおって、ちょっとしたパーティにでも出ようかという格好をしている。

「申し訳ないんですけど……」

「何でしょう？」

「あの――私、これから知り合いのパーティに招《よ》ばれているんですけど」

その女性は香辛料のびんを持っていた。「主催してるのが古い友人で、パーティに外国のお客様がいらっしゃるようなんですが、その方がどうしてもこの香辛料がないと食事できないと……。ここでやっと見付けたんですけど、この行列で。急ぐものですから、申し訳ありませんが、ご一緒に買っていただけませんか？」

「ああ、分りました」

これ一つ買うのに、何十分も並んでいられない、ということはよくある。「じゃ、このカゴへ入れて下さい」

「ありがとうございます！　助かります！」

ちょうど前の客の精算がすんで、充代の番になった。

このスーパーに、外国の珍しい香辛料が揃っていることは充代も知っていた。そのびんも、小さいのに三千円近くしていた。

充代はクレジットカードで支払をして、カゴを手にレジを出た。

「すみませんでした！」

待っていた女性が、「じゃ三千円で」

「おつりが――」

「いえ、とんでもない！」

と、その女性は言った。「ただ――もしよろしければレシートをいただけますか？

友人に払ってもらうので」

「ええ、どうぞ。使いませんから」

色々買ったものがプリントされているが、別に気にもせず、充代は渡した。

「本当に助かりました！　ありがとうございました……」

香辛料のびんをバッグに入れて、その女性は足早にスーパーを出て行った。

充代はレジの袋に、買った品々を入れながら、すぐにその女性のことは忘れてしまった……。


「日なたを歩こう」

と、私は言った。「日なたは暖かい」

「そうね」

と、永井夕子は肯《うなず》いて、「お年の方には、木枯しが身にしみるでしょ」

私はチラッと夕子をにらんだが、あえて反論はしないことにした。何か言えば夕子に
やり返されると分っているからだ。

一月も末、乾いた北風がここ何日か吹き続けていた。

私は宇野喬一。警視庁捜査一課の警部である。すでにほとんど休みに入っている大学生の永井夕子と、昼食をとるべく広い通りを歩いていた。

「あの三色旗の立ってる所よ」

と、夕子が指さした。「ちょっと洒落たフレンチレストランなの」

雰囲気からして、ランチでなければ手が出ない様子である。

夕子はまるで私の心を読んだように、

「大丈夫よ。私、しっかりバイトして稼いだから。おごってあげる」

「そうはいかないよ」

と、私も言わざるを得ない。

少し先にバス停があった。――私たちとほぼ並ぶように歩いている中年の女性がいる。

マフラーが風で飛ばされて、私の前に飛んで来た。素早く捕まえると、

「どうぞ」

と渡してやった。

「すみません！　ちゃんとコートの中へ入れておかないと……」

恥ずかしそうに言って、マフラーを首に巻いた。「あ、バスだわ」

少し先のバス停に、バスがやって来るのが見えた。待っているのは老人が一人だけで、バスはすぐに出てしまいそうだ。

「いやだわ……」

その女性は、バス停に向って駆け出した。バスの運転手から、走って来る女性が見えるはずだから、大丈夫。待っているだろう。

バスが停り、二人の客が降りて、待っていた老人が乗り込む。そして、あの女性は何とか間に合いそうなタイミングで──。

そのときだった。

私たちの背後で、

「待て！」

と怒鳴る声がしたと思うと、二人の男が凄い勢いで私たちを追い越して行った。

そして、バスに乗ろうとする女性めがけて駆け寄ると、地面に押し倒したのである。

私と夕子はびっくりして顔を見合せた。

「逃げようとしたな！」

と、男の一人が言った。「そうはいかないぞ！」

男の一人が、その女性に何と手錠をかけた！

「刑事なのね」

と、夕子が言った。

「そうらしいな。しかし……」

私は小走りに駆けて行った。

「さあ立て！　逃げようたって、そうはいかない」

二人とも、まだずいぶん若い刑事である。

手錠をかけられた女性は真青になって、

「あの……どうしてですか……」

と、声を震わせている。

「とぼけるな！　尾行をまこうとして逃げ出したくせに」

「そんな……。何のことですか、尾行って？」

女性は、地面にうつ伏せに押し倒されたとき、額を打って血が出ていた。

「おい、待て」

と、私は声をかけた。「その人はバスが出てしまいそうだから走り出しただけだ」

「何だと？　余計な口をきくな！」

私は身分証を出して見せた。

「失礼しました！」

と、二人が焦っている。

「ともかく手錠を外せ。「それに、逃亡しようとしたわけじゃないんだ」

と、私は言った。「それに、額にけがをしてる。手当しないと」

私の言葉を聞いて、その女性はワッと泣き出してしまった……。

結局、その日、ランチには間に合わなくなってしまったのである。

2 とばっちり

「やれやれ！」

私は夕子と待ち合せた喫茶店に、三十分遅れて着くと、「温いココアをくれ！」

と注文した。

「どうしたの？」

「甘いものが飲みたい気分なんだ」

と、私は言った。「待ったろ？」

「それはいいけど……。何か分ったの？」

「うん」

私は手帳を取り出して開いた。「あの女性の名は戸沢充代。普通の主婦だ」

「その主婦がどうして手錠を？」

あの出来事から三日たっていた。――担当ではないにしても、行きがかり上、放っておけず、私は事情を調べてみたのである。

「この間、ある大使館でパーティがあった」

と、私は言った。「そこに来ていた中米のある国の高官が、自国の料理に必ず使う香辛料を用意してほしいと頼んでいた。――当日は大勢の客が出入りしていたが、その香辛料のびんの中に、毒薬が入れられてたんだ」

「まあ」

「しかし、当日料理をしに大使館へ出張して来ていたシェフが、そのびんの蓋が緩《ゆる》んでるのに気付いて、中身を確認した。それで、何ごともなかったんだ」

「良かったわね」

「誰がそれを持ち込んだか、何しろ客が多くて特定できなかったが、キッチンの屑入れから、クシャクシャになったスーパーのレシートが見付かって、そこにその香辛料を買ったと出ていたんだ」

「じゃ、そのスーパーの……」

「クレジットカードの記録から、戸沢充代が買ったと分った。しかし――」

私は、戸沢充代が、スーパーの列に並んでいるとき、見知らぬ女性に頼まれて、その香辛料をカゴへ入れさせて一緒に買ったという事情を説明した。

「よくあることね」

と、夕子が肯く。

「ところがそれで彼女のことを刑事が尾行していたんだな。で、突然駆け出したんで……」

「そんな……。毒薬入れようって人間が、クレジットカードなんか使わないでしょ」

「そう言ってやったんだが、何しろ他に手がかりがないので、相変らず戸沢充代は監視対象になってる」

「普通の奥さんをずっと尾行してるわけ？　何かやりようがあるんじゃない？」

「僕もそう思うがね」

ココアが来て、私は思い切り甘いのをぐっと飲んで息をついた。「ともかく狙われた高官の国の政府への体面上、捜査が進んでないとは言えないらしい」

「呆れた。あの奥さんこそ、いい迷惑ね。親切にしてあげただけなのに」

「全くだよ。――とはいえ、僕も担当部署のことじゃないから、これ以上はね……」

と、ココアを飲み干すと、「甘いものが足りないな。よし、ケーキを食べよう」

「太るわよ」

と、夕子が笑って、店員を呼ぼうとした。

「――ね、あの人」

「うん？」

「見て、表」

夕子はガラス越しに見える表の通りを指さした。

そこにぼんやり立っていたのは……。

「戸沢充代じゃないか」

「ねえ。でも、何だか様子が変じゃない？」

背を丸め、地面に目を落として、じっと立ったまま動かない。何だか「生きる張り合い」というものをすっかり失っているという風に見えた。

広い通りを大型のトラックやバスが駆け抜けていく。――充代はフッと目を上げて車の流れを見つめた。

「おい、まさか……」

と、私は言った。

「行ってみましょう！」

夕子が立ち上ると、店員へ、「すぐ戻ります」

と、声をかける。

私と夕子が喫茶店を出たとき、充代はフラリと車の流れの方へ向いて、近付いて来る大きなトラックへ目をやった。

「待て！」

私は充代へ向って走った。

充代が車道へ足を踏み入れる。トラックが来るその前へと――。

私がその腕をつかんで引き戻した次の瞬間、トラックが風を巻き起こして走り抜けた。充代のコートの裾をトラックの車体がかすめて行った。

「何をするんだ！」

と、私は充代を歩道へ引張り上げた。

「あ……」

充代は私の顔を見て、「この間の……」

「どうしたっていうんだ？　トラックにひかれるところだぞ！」

叱りつけるように言うと、充代はうずくまって、ワーッと泣き出してしまった……。

充代も甘いココアを飲んだ。

そうしないではいられなかったのだ。

「──何てことなの」

と、夕子がため息をつく。

「うん」

私は肯いた。「ひどい話だ」

──三日前、戸沢充代が刑事に手錠をかけられたとき、たまたま充代の娘の通う女子校の生徒の母親が近くを通りかかっていた。父母会で顔見知りだったその母親は事情も知らず、即座に親しい同級生の母親にケータイでこの「スクープ」を知らせた。

あの出来事はわずか一日の間に学校の側にも知れ渡ってしまったのだ。

その翌日、学校に呼び出された充代は、ろくに事情も聞いてもらえずに、「娘さんの高校への進学を諦めてくれ」と、一方的に言われてしまった。

さらに、昨日になって銀行員の夫が、「奥さんが逮捕されたそうだね」と上司から言われて、関連会社への出向をほのめかされたのだ……。

充代は今日、警察へ出向いて状況を訴えたのだった。

しかし、全く相手にされなかった。私にも想像はつく。そんなことで責任を認めるわけがない。

「言われたんです。対応した方から。『ご主人の場合は仕事ができなかったんじゃありませんか？』と。そして、声を上げて笑ったんです……」

担当でないとはいえ、私の胸は痛んだ。

「奥さん」

と、私は言った。「ご一緒に行きましょう。お子さんの通っている学校と、ご主人の勤めておられる銀行に」

「宇野さん……」

「うまく行くかどうか分りませんが、ともかくお力になりたい」

「ありがとうございます！」

充代は涙声で言って、頭を下げた。

「お前も一緒に来い！」

と、私がにらみつけたのは、今も充代を「尾行」し続けている若い刑事だった。

「でも……上司に訊かないと……」

と、弱々しい声で、刑事が言った。

「目の前でこの人が自殺しようとしたんだぞ！　助けていいかどうか、いちいち上司にお伺いを立てるのか？」

「はあ……」

私の剣幕に、若い刑事——三崎《みさき》という名だった——は、亀のように首をすぼめた……。

3　会食

「見直した！」

と、夕子は言って、シャンパンのグラスを手に取った。「今夜はおごってあげる！」

「よせよ」

と、私は苦笑した。

まあ、夕子にほめられるのは悪い気分じゃないが。

夕子がよく友人たちと来る、イタリア料理の店である。

安くてボリュームもあるので、若者に人気だ。私のような四十男には少々ボリュームがあり過ぎだが。

ともかく、私もいくらか安堵していた。

戸沢充代の娘の通っている女子校で校長と面談、戸沢公介の勤務先の銀行は、支店でなく本店に出向いて、頭取に会った。

私の肩書、〈警視庁捜査一課警部〉がものを言ったことは間違いない。

私は、戸沢充代への疑いが全くの誤解であることを、状況をきちんと説いて説明した。

同行した夕子も言葉を添え、さらに三崎刑事は、

「ともかく、何でもいいから戸沢充代を尾行してるところを、あの国に見せなきゃならんのだ」

という上司の言葉を告白（！）した。

これで一応は学校も銀行も納得した。しかし、本当の犯人、そして充代に買物を頼んだ女性が見付からないと……。

「これはどうも」

まだ店内が空いていたせいだろう。店のシェフが出て来て、夕子に挨拶した。

「今、チラッとお二人の話が聞こえたんですが」

と、シェフは言った。「この間のN国の〈大佐〉が狙われた件ですか？」

「ええ、ご存知？」

「私もあの日、手伝いに行ってたんですよ」

と、シェフは言った。

「まあ」

「しかし、良かった。山野《やまの》君が気付いてくれて」

「そのシェフと知り合い？」

「ええ。一時は一緒にヨーロッパへ勉強に行ってたんです。山野君が四、五歳年下かな」

と、シェフは言った。

「どこのお店の人？」

　と、夕子が訊いた。

「〈Q〉っていう店ですよ」

「ああ、聞いたことあるわ」

「N国の〈大佐〉の命を救ってくれたというので、N国の大使や大使館員全員で、〈Q〉に食事に行くそうですよ」

「じゃ、貸し切りでしょうね。そう大きなお店じゃないし」

　ということは、夕子は行ったことがあるのか？　まあ、他の男と食事に行ったからといって、別に私は何とも思わないが……。

「そう……。確か今夜じゃないかな」

　と、シェフがちょっと考えて、「うん、そうだ。〈Q〉が貸し切りと言われて、こっちへ予約して来たお客がありますからね」

「今夜……」

　夕子はそう呟くと、「――ね、悪いけど、今夜は急な用事を思い出したの。この先のお料理はいらないわ」

　と言い出した。

「おい、どうしたんだ？」

と、私が面食らっていると、

「ごめんなさい。でも注文した分は払って行くわ」

「しかし……」

どうもただごとではない。——私は結局この店の支払いを持つことになった。

夕子が何やら考え込んでいて、会計どころではなかったのだ。

しかし、店のシェフも夕子のことはずっと知っている。出していない料理の分は取らなかったので、私は助かった。

「——どうしたっていうんだ」

と、店を出ると、私は訊いた。

「すぐ呼んで」

「誰を？」

「もちろん戸沢充代さんをよ」

と、夕子は言った。


「乾杯！」

と、〈大佐〉が日本語で言って、シャンパンのグラスを、シェフの山野も手にしていた。

「〈大佐〉はあなたのおかげで救われたことを、心から感謝する、とおっしゃっています」

と、大使館員で日本語のできる男性が言った。

「恐縮です」

と、山野は一礼して、「たまたま運が良かっただけです」

山野の言葉を伝えると、〈大佐〉は笑顔で何か言った。

「〈大佐〉はあなたが本当に謙遜の人だとおっしゃっています」

少し変な日本語だったが、山野は、

「恐れ入ります」

と言った。「今夜はどうか私の料理を心ゆくまでお楽しみ下さい」

そして山野はキッチンへ退がった。

すぐにオードヴルの皿が出された。

配っているのは上品な四十歳くらいの女性で、〈大佐〉が口を開いた。

「この美しいレディはどなたかと訊いていらっしゃいます」

と、通訳すると、

「ありがとうございます」

と、女性は答えた。「私はシェフの妻でございます」

「なるほど、お美しい」

「――どうぞ召し上って下さい。この後、特製のスープをお出しいたします」

と、女性は一礼して退がった。

――キッチンに戻ると、

「どう？」

と、女性は言った。

「上出来だ」

スープ皿に、美しく透き通ったコンソメスープが次々に満たされていく。

「味は変らない？」

「心配ない」

と、山野は言った。「あの薬は、無味無臭だ」

「うまく行ったわね」

「その代り、オードヴルは最高の味にしてある」

と、山野は言った。

「一口ずつだから、すぐ終るわね。――様子を見て下げてくるわ」

「奈美《なみ》、本当にいいんだね」

「もちろんよ。〈大佐〉に殺された姉夫婦の恨みを晴らしてやる」

と、奈美は言った。

テーブルへ戻ると、誰もが、

「すばらしい！」

と、オードヴルの味をほめ讃えた。

「ありがとうございます。ではスープをお出しいたします」

奈美がオードヴルの皿を下げて行く。手は全く震えていなかった。

「〈大佐〉が、この先の料理が大変楽しみだとおっしゃっています」

「ありがとうございます。ご期待に添えると存じます」

重ねた皿を手に、奈美はキッチンへ戻ったが——。

凍りついたように立ち止った。

「この人だわ」

と、戸沢充代が奈美を指さした。「この人です。私に香辛料を買わせたのは！」

「——そう」

奈美は重ねた皿を静かに流しに置いて、「もう少し早く出せば良かった」

「〈大佐〉一人を殺すのが目的ではなかったんですね」

と、夕子は言った。「ですから、わざと香辛料に毒薬を入れた上で、山野さんが発見し、感謝の印に大使館の全員がこの店へやって来ることを見越していた」

「あなたには分らない」

と、奈美は言った。「あの〈大佐〉がどんなにひどい人間か。いえ、あいつは人間じゃない、悪魔よ」

「N国が軍事独裁政権であることは知っています」

と、夕子は言った。「あの〈大佐〉がクーデターを起し、前の民主的な政権の人々は殺されたとみられているけど、死体が発見されていないことも」

「私の姉はN国の大臣と結婚していました」

と、奈美は言った。「私は見ていました。隠し部屋の中から。姉夫婦が、子供の命だけは助けてくれと懇願すると、〈大佐〉は笑って幼い二人の子供を、夫婦の目の前で撃ち殺したのです」

「むごいことだ」

と、私は言った。

「むろん、姉夫婦も殺されました。——私は何百人という人の死体が、あの国のジャングルの奥の沼に沈められていることを知っています」

「それを世界へ公表して、罪に問えばいいのでは？」

と、夕子は言ったが、

「むだです」

と、奈美は首を振って、「〈大佐〉は、独裁政権の支配する大国としっかり結びついています。たとえ死体が見付かっても、決して真実は明らかにならないでしょう」

「そうかもしれない」

と、私は言った。「しかし、彼らを殺せばあなたもシェフも殺人罪です」

「承知しています」

と、奈美は肯いた。「事が済んだ後、私たちも薬を飲むつもりでした」

そのとき、充代が言った。

「レシート……」

「え？」

「どうしてレシートを持って行ったんですか？」

奈美は、あのレシートのために充代が陥った状況を聞くと、愕然《がくぜん》とした。

「そんなことが！　私はただ――本当に香辛料がいくらしたか、伝えたくて。あなたがてっきり現金で払ったと思っていたんです。申し訳ありませんでした」

と、奈美は深々と頭を下げた。

「そうでしたか」

と、充代は肯いて、「こちらの宇野さんのおかげで、何ごともなかったんです。――あなたも、むだに命を捨てないで下さい」

「奥さん……」

「そんなひどい人たちのために死ぬなんて、もったいない！　お二人には未来があるんですもの」

充代の言い方は、ごく普通の口調で、言っていることも説得力があるとは言えなかった。しかし、その「普通」であることが、今の山野と奈美には重い真実だったのだろう。

奈美はうずくまって泣いた。


夕子がキッチンを出ると、テーブルの人々に向って言った。

「残念ですが、シェフが突然病いで倒れ、亡くなりました。この先の料理は出ませんので、お引き取り下さい」

困惑が広がったが、みんな首をひねりながら立ち上り、帰って行った。

——私は、空っぽになった店内へと出て行った。

「スープは？」

と、夕子が訊いた。

「捨てたよ」

と、私は言った。「しかし、殺人未遂だぞ」

「運命だったのよ」

「運命?」

「充代さんが手錠をかけられたところに、私たちが居合せたのも。自殺しかけた充代さんを助けたのも。この夕食会のことを聞いたのも……。どの一つが欠けても、今夜のことは防げなかった。それが幸運の内に終ったのは、そういう運命だったのよ」

「そうかな……」

警部という立場としては、多少ためらいもあったが、今となっては何が起ろうとしていたのかさえ、立証できない。

「――ありがとうございました」

と、山野がやって来て言った。「生まれ変ったような気がします」

「でも、あの〈大佐〉が、あなた方のことを調べるかもしれませんよ」

と、夕子が言った。「この店をたたまれて、どこかへ移られた方がいいでしょう」

「そうですね。――あの〈大佐〉と私たちと、どっちが長く生き延びるか、やってみます」

と、山野は言った。

充代と奈美が笑顔でキッチンから出て来た。

「――二人で話してましたの」

と、充代は言った。「スーパーには、空《す》いてる時間に行こうって」

手から手へ、今

1　トラック

「あの子、風邪ひかないかしら……」

と、朋子《ともこ》は言った。

そしてすぐ後悔した。隣に座っている夫が、今にも怒鳴りつけそうな様子を見せたからだ。

しかし、そのときワーッと場内がわいたので、夫に怒鳴られずにすんだ。

——冷たい小雨が降り続けている競技場では、最後の種目になる、四百メートルリレーが行われようとしていた。

もう暗くなって照明が四百メートルのトラックを照らし出している。

早く……早く終ってくれればいいのに……。

飯田《いいだ》朋子はビニールのコートにフードをかぶっていたが、それでも体は冷え切って、吐く息は白くなって風に流れて行った。

実際のところ、スタジアムにはそれほど多くの観客が残っていたわけではない。一時間ほど前の、百メートル決勝が終ると、かなりの人が帰って行った。

雨に濡れながらの観戦では無理もないが、隣の夫、飯田啓一《けいいち》は、ゾロゾロと立って帰って行く人たちの方を、凄い目つきをしてにらんでいた。

朋子は、夫が他の客へ、

「帰るな!」

と怒鳴るのではないかとハラハラした。

「――ほら、日本チームだ!」

と、夫が朋子をつついた。

分ってるわよ、それくらい。ちゃんとアナウンスは聞こえてるわ。

でも、もちろん口に出してそんなことは言わない。夫は聞いちゃいないだろうが。

「――飯田周一《しゅういち》君」

という名が呼ばれると、場内に拍手が広がった。

「いいぞ! 周一!」

いきなり夫が大声を出したので、朋子は思わず首をすぼめた。

四百メートルリレーのアンカー。――それは確かに陸上短距離の選手として、誇《ほこ》るべきことだったかもしれない。

そんな息子が、今、ちょうど座っている席のすぐ前の辺りで、手足を動かしている。

その息子のことを、「風邪ひかないかしら」と心配するのは馬鹿げているかもしれない。

しかし、母親としては当然のことでもあった……。

合図の銃声がして、第一走者がスタートした。ワーッと声が上る。

ああ……。まだ二人もある。早く終ってくれないかしら。

この国際大会で、日本はほとんどメダルを取れていなかった。何といっても外国選手の見るからに脚の長い体つきと比べたら……。

たぶん、誰だってそう思っているのだ。でも、少なくとも、朋子はそんなことを口に出せない。

夫が怒って、

「根性だ！　そんな体格の差など、根性で何とかなる！」

と怒鳴るに決っているからだ。

でも……。ああ、もう第三走者だわ。

周一が足踏みをしながら、前の走者を待っている。

日本のチームは、バトンを渡す技術で、他のチームに差をつけている。「少なくとも銅メダルは絶対！」と、スポーツ紙などは書き立てていた。

確かに、他のチームはバトンを渡すのにもたついて、一人一人は速いのに、今、日本は二位を走っていた。

「行け！　周一！」

と、飯田啓一は立ち上って叫んだ。

第三走者が、ほとんどスピードを落とさずにやって来る。タイミングをみて、周一が走り出した。

バトンが渡る。

周一が全力で走り出した。そのとき――。

周一の手からバトンが落ちた。白いバトンがトラックにはねて、雨が飛び散るのが見えた。

スタンドに、何とも言えない、「声にならない声」が洩れた。

――周一が足を止め、呆然として立っていた。

「周一……」

と、朋子は呟いた。

「あいつ……」

と、夫が呻《うめ》くように言うのが聞こえた。

「あなた――」

周囲の客は、二人が周一の両親だと分っているだろう。

朋子は、夫が体を震わせながら、大股に通路を歩いて行くのを見ていた。

いけない。――朋子には、夫が失意の息子を慰めたりしないことが分っていた。

朋子はあわてて立ち上ると、夫の後を追った。

あの子、風邪ひかないかしら……。

そう心配しながら。

2　クシャミ

静まり返ったコンサートホールに、突然派手なクシャミが響き渡った。

一瞬、誰もがそのクシャミの主の方を振り向いた。

まるで私がにらまれているようで、私はあわてて座り直した。

クシャミの主は、私の隣の席だったのである。

背広姿のその若い男はハンカチで口を押えていたが、出てしまったクシャミはどうしようもない。

その男の向うには、母親らしい女性が座っていて、息子の派手なクシャミにあわてて左右へ詫びるように、小さく頭を下げ続けていた。

その男への刺すような目は、その後、しばらく続いた。

それでも演奏は終って、盛大な拍手が客席を包んだ。

その母親はホッとした様子で、息子を促して立ち上った。

二十分の休憩に入るのである。

私は夕子に、

「やれやれ、眠らずにすんだよ」

と言った。

「あのクシャミのおかげ？」

と、夕子は言った。

「ああ……そうだな」

クラシックに強いわけでもない、警視庁捜査一課の警部が、こうしてコンサートホールへやって来たのは、つい先日解決した事件の礼に、招待されたからである。

――ロビーに出て、売店でビールを買って飲んでいると、

「先ほどは申し訳ありませんでした」

と、あの母親が声をかけて来た。

「え？　ああ、いやいや……」

「誰だってクシャミくらいしますよ」

と、夕子は言った。

「息子は花粉症なんです。どうしてもクシャミをしてしまって……」

「ご心配なく。気にしてませんよ」

と、私が言った。

すると、

「貴様か！」

と、少しアルコールの入った大きな声で、「肝心のところで、いつもヘマしやがって！」

言われているのは、あの若い息子である。

「分ってるぞ！　お前、飯田周一じゃないか！」

飯田周一？　どこかで聞いた名だ、と思った。

「人違いですよ」

と、若者はそっぽを向いたが、

「いや、お前だ！　肝心のところでバトンを落としやがって！　日本がメダルを取れなかったのはお前のせいだ！」

声が大きいので、周囲の客が振り向いている。そして、と、囁《ささや》き合っている声が聞こえた。

「飯田周一だわ」

私も思い出していた。一年ほど前の陸上大会で、四百メートルリレーのアンカーだった飯田周一だ。

「違うと言ってるだろう！」

と、若者は言い返して、足早に人をかき分けて行く。

母親があわててその後を追った。

「逃げるのか！」

と、酔った男は大声で喚《わめ》くと、「日本人の恥だ！」

と、手にしていたプログラムを振り回した。

その手からプログラムが飛んで行き、夕子の足下に落ちた。夕子はそれを拾うと、男の方へ持って行き、

「あなたも落としたわ」

と言うと、プログラムで男の顔をはたいた。

男がギョッとして目を丸くする。

夕子はプログラムを男の胸に押し付けて、

「あなたみたいな人に、ベートーヴェンを聞く資格はないわ」

と言った。

「戻って来なかったな」

と、コンサートホールを出て、夜の町を歩きながら、私は言った。

「気の毒にね」

と、永井夕子が言った。「ベートーヴェン聞いても、スッキリしない。ね、ワインのおいしい所に行かない？　おごるから」

「おい……。大学生におごってもらっちゃ、捜査一課の名がすたるよ」

――結局、コンサートの後半、あの母子は席に戻って来なかったのである。

私と夕子は、コンサートホールから歩いて五分ほどのイタリア料理の店に入った。

「これはどうも。いつもありがとうございます」

と、店の支配人らしい男性が、夕子に挨拶しているので、私はちょっと面食らった。

奥のテーブルへ案内されながら、

「そんなにいつも来てるのか？」

と、小声で夕子に訊く。

「どのお客にもああ言うのよ」

と、夕子は涼しい顔で答えたが、私としては少々面白くなかった。

ところが――。

「あら……。先ほどは」

隣のテーブルに、あの母子がいたのだ。

「どうも」

と、夕子が微笑んで、「残念でしたね、アンコールの〈エグモント〉がとても良かったですよ」

「あの……」

と、母親の方が、「あの後のこと、ホールの方から伺いました。あなたですね、あの男の人を……」

「本当はけっとばしてやりたかったんですけどね」

「何と言われても仕方ないんです」

と、息子の方が言った。「飯田周一です」

「永井夕子です。女子大生。こちらは恋人の宇野さん」

「やあ、ロマンだなあ」

と、周一は笑顔になった。「僕もあのときメダルを取ってたら、きっと今ごろもててただろうけど」

「あの後、陸上は……」

「やめました。とてもやってられませんよ。仲間や関係者に合わせる顔がない。TVで、あのバトンを落とすところが何度も流れて……。今は、普通のサラリーマンです」

先に食事していた飯田周一と母親——朋子といった——は、メインの料理を食べていたが、こちらはオードヴルから。

オーダーをすませて、ワインも飲んで、私も、隣のテーブルと話すようになった。

「——あの大会の後、大変だったんです」

と、朋子が言った。「電話や手紙、ファックス、メール……。周一を犯罪者扱いして」

「切腹しろ、なんて言って来て」

と、周一が苦笑した。「生きてちゃいけないような雰囲気でした」

「変な世の中ですね」

と、夕子が首を振って、「自分がその人の立場だったら、って考えることができない人が多いんですね。その代り、自分は神様にでもなったつもりで、人を非難する。——神様は非難しないか」

夕子の言葉に、何となくみんな一緒に笑った。

——こちらがパスタを食べていると、

「飯田じゃないか」

と、やって来た長身の男性。

「神原《かんばら》か」

と、周一が言った。

「まあ、神原さん……」

と、朋子が食事の手を止めて、「ごぶさたして」

思い出した。神原保《たもつ》。――あのリレーで、走者の一人だった選手である。

「どうしてるんだ、今？」

と、神原が訊いた。

「うん……。知り合いのつてで、小さな会社に勤めてる。お前は〈M工業〉に入ったんだな」

「うん。今日は社長のお供で。――お前、何も陸上やめなくてもよかったのに」

「そうはいかないだろ。大体、親父が……」

「ああ、そうか。――まあ、しっかりやれよ。またな」

神原は他のテーブルへ戻って行った。

「――もう帰りましょう」

と、朋子が言ったが、

「いや、コーヒーまで、ちゃんと飲もうよ。今度はいつ来られるか分らないもの」

と、周一は淡々とした口調で言った。

そして、私たちの方へ、

「今の神原は、あのときの第二走者でした」

と言った。

「憶えてます」

と、夕子は肯《うなず》いて、「何番めだったか、までは忘れましたけど」

「お父さんがどうかしたんですか」

と、私は訊いた。

「それが……」

と、朋子が深々とため息をついた。

「いや、いいんです」

と、私は急いで言った。

言いにくいことを、無理に訊くつもりはない。しかし、周一は、

「別に恥ずかしいことじゃないよ」

と、母親へ言って、「父は、陸連の幹部になることが決ってたんです。むろん、自分も陸上の選手だったし、コーチでもありましたから。でも、あの一件で、荒れて……」

「ニュースで見たような気がします」

と、夕子が言った。「何か傷害事件を……」

「ええ」

と、周一は肯いて、「酔っているとき、やっぱり僕のことでからかわれて、父は怒って相手を殴ったんです」

「相手の人、確か――」

「打ちどころが悪くて、亡くなりました」

「運が悪かったんですね。――どなたも」

「全く」

と、周一はコーヒーが来て、ブラックのまま飲みながら、「亡くなった方には本当に申し訳ないことです。――僕が陸上をやめたのも当然でしょう」

「でも、あなたのせいじゃないのに……」

「いや、あれは僕の責任です。バトンを落としたのは、練習不足ですよ」

と、周一は言い切った。「どんなに寒くて手が凍えてかじかんでいても、どの選手も同じ条件だったんです。言いわけはできません」

「お父さんは……」

「傷害致死ということで、刑務所です」

「周一……」

「私は警察の人間ですが、その場合……」

「刑事さんですか？」

と、朋子が身をのり出して、「まあ、偶然なこと」

「というと？」

「お母さん、ご迷惑だよ」

「でも、お前……」

「何かあるんですか？　お役に立てるのなら……」

「ずっと、つけ狙われているんです」

と、朋子が言った。「周一が殺されるかもしれません」

私と夕子は顔を見合せた。

まさか、こんな所で「殺す」という話が出ようとは。

夕子とのデートは、やはりまともには終らないのだと思った……。

3　事件

バトン一本が、大変なことになってしまったものだ。

飯田周一と朋子の親子と出会って、一週間ほどたっていた。

「周一」という名は、父親がグラウンドを周回するとき一位になるようにつけたものだということだった……。

「生れたときから、そんな名前つけられてたら、たまらないわね」

と、夕子が言った。

「そうだなあ。父親が陸上の選手だからって、息子がスポーツに向いてるとは限らないのに」

そろそろ夕方になろうという時刻。――私は夕子と静かな喫茶店でコーヒーを飲んでいた。

「その後、何か分ったの?」

と、夕子が訊いた。

「見当はついた。あの親子を脅《おど》してる奴がいるんだ」

「誰なの?」

「たぶん――」

と言いかけた私は、店に入って来た男を見て、言葉を切った。

夕子は私の視線を追って振り向いた。

白い上着に、黒いシャツ。赤いネクタイ。――マンガに出て来そうなヤクザである。

その男は真直ぐ私の方へやって来ると、

「俺を捜してるって聞いたぜ」

と、空いた椅子にかけて、「こっちから出向くことにした」

「いい心がけだ」

と、私は言った。「大月《おおつき》、お前、飯田周一君を脅してるんだろ」

「ああ、あのバトンを落としたドジな奴か」

と、大月はニヤリと笑って、「本気じゃねえよ。ちょっと大げさに、『ぶっ殺してやる』って言ってやったが」

「陸上選手に何の恨みがあるんだ？」

「金さ」

と、大月はアッサリと言った。「あいつのおかげで大損したんでな」

「どういう意味だ？」

大月修二《しゅうじ》は、四十代半ば、あまり大きくない暴力団の組員で、兄貴風をふかしている。

これまで何度か取締りで会っていた。

見た目がいかにもという割には、あまり大きな犯罪には手を出していない。

「もしかして」

と、夕子が言った。「あのリレーで、賭けをしてたんですか？」

「ああ、そうさ」

と、大月は肯いて、「どんなことだって、勝ち負けのあるもんなら、賭けになる」

「呆れたな。それじゃ、周一君がバトンを落としたことで……」

「ああ、メダルが取れるかどうかで賭けをしてた。結構な人数がやってたんだぜ。俺が仕切ってたんだが、同時に賭けてもいた。それがあいつのおかげで……」

「だからって、そんなことを知らない周一君を脅してどうするんだ」

「知らなかったはずはねえぜ」

「何だと？」

「あいつの親父も賭けてたからな」

と、大月は言った。「嘘じゃねえ」

「飯田啓一が？」

「ああ、酔って暴れたくもなっただろう」

私は首を振って、

「たとえその通りだったとしても、あの母親と息子をそっとしておいてやれ。金を払うような余裕はないだろう」

「ま、あてにゃしてねえさ」

と、大月は言った。「せっかく入って来て、コーヒーぐらい頼まねえと悪いよな。おい、コーヒー！」

ウェイトレスが、怖がって水も持って来ていなかったのだ。

しかし、大月は、本当に「店に悪い」と思ってオーダーしているのだ。そういう点、妙に気が弱いところがある。

「――うん、なかなかいける」

と、大月はコーヒーを一口飲んで言った。

「俺はコーヒーにゃうるせえんだ」

「大月――」

「分った。もうあの周一やお袋につきまとわねえよ」

「約束だぞ」

「ああ。あの親父も、当分は金なんか持ってねえだろうしな」

「父親は刑務所だ。金のあるわけがないだろう」

「何だ、知らねえのか？　あの親父、仮釈放で出てるんだぜ」

と、大月は言った。

私は面食らって、

「本当か？」

「ああ。嘘じゃねえよ。スポーツの世界にゃ色々偉い先生方が係《かかわ》ってるからな。そっちから手を回したんじゃねえのか」

確かに、飯田啓一が出所していたとしても、私のところに知らせては来ないだろう。

しかし、家へ帰っていれば、妻の朋子か周一が何か言って来そうだが……。

大月はしっかりコーヒーを飲み干すと、

「コーヒー代はいくらだ？」

と、ちゃんと小銭で払って店を出て行った。

「連絡してみたら？」

と、夕子が言った。

「そうだな」

私は肯いて、聞いていた飯田朋子のケータイへかけてみた。

「──まあ、主人が？」

話を聞いて朋子はびっくりしたようで、「知りませんでした」

「じゃ、お宅には──」

「帰って来ていません。連絡もありませんし」

「そうですか。帰りにくいんでしょうね」

と、私は言った。「ともかく、周一君を脅していた男の方は、もう大丈夫だと思いますから」

「ありがとうございます！　電話が鳴るたびにビクビクしていたので。助かりました」

朋子は何度も礼を言った。

「ともかく、これで何も起らなきゃいいけどね」

と、夕子が言った。

しかし、そううまくはいかなかったのである。


「宇野さん」

現場に着くと、原田刑事が欠伸《あくび》しながらやって来た。

「何だ、寝不足か？」

と、私が言うと、

「いくら寝ても眠いんです。育ち盛りですかね」

原田らしいジョークだ。しかし、私の方にも欠伸が伝染して、つい……。

朝、まだ七時を過ぎたところだ。

現場は、住宅地の中の小さな公園。

公園といっても、ブランコと砂場があるだけの、猫の額と言ったら猫が気を悪くしそうな小さな空間である。

そこに今は鑑識などの人間が立ち働いている。

ベンチが一つ、置かれていて、そこに男が倒れていた。

発見した巡査は、

「初めは、ホームレスがベンチで眠ってるんだと思いました。それで、風邪でもひいてはと思い、起こしてやろうとすると、背中に刃物が……」

と、説明した。

「身許は？」

と、私が訊くと、原田が、

「手紙を持ってました。宛名が、たぶんこの男の……」

封筒を何げなく見て、

「――え？」

と、思わず声を上げていた。

「宇野さん、お知り合いですか？」

「いや……。まさか……」

宛名は〈飯田啓一様〉となっていたのである。

被害者の顔を見下ろす。

私は飯田啓一の顔を知っているわけではないが、見た目の年齢や印象は、これが啓一当人でもおかしくない、と思わせた。

「宇野さん――」

「少し待て」

私は、飯田朋子に電話した。そして何も告げず、ただこの公園に来てくれと言った。

そして、分ったことがある。飯田啓一の家は、この公園のすぐ近くだったのである。

朋子はこの公園を知っていて、十分ほどでやって来た。

「宇野さん、何があったんでしょう……」

と、不安げで、「ここで何が？」

「実は、男が殺されているのですが……」

私がそう言うと、朋子はサッと青ざめた。

「あの人が……」

「見てもらえますか。もしかすると……」

朋子は大きく息を吸うと、背筋を伸して、そのベンチの方へと歩いて行った。

その死体を見下ろして、却って落ちついたかのように、私の方へ向き直って言った。

「主人です」

「やはりそうですか」

と、私は息をついて、「残念です」

「いいえ」

「いいえ、とは？」

「こうなって当然でした。――宇野さん」

「はあ」

「私を逮捕して下さい」

私は面食らって、

「何ですって?」

「主人を殺したのは私です」

と、朋子は堂々と(?)自白した……。


妙な成り行きに困惑しているところへ、私が連絡したからだが、夕子もやって来た。

「こんなことになっちゃったのね」

と、夕子はため息をついた。

「もう死体を運び出しても?」

と訊かれて、

「そうだな」

と、私は許可しようとしたが——。

「母さん、何してるんだ?」

と、声がした。

飯田周一だった。

「まあ、周一！　こんな時間に……」

と、朋子が不機嫌そうに、「ゆうべはどこに泊ってたの？」

「どこだっていいだろ、子供じゃないんだ」

と、周一は言い返して、「あれ？　宇野さんですね？　何かあったんですか」

「お父さんが死んだのよ」

と、朋子が代りに答えた。「私が殺したと言ってるんだけど、信じていただけないの」

「母さん……。本当に父さんが？」

周一が死体を確認して、もちろんびっくりしてはいたが、あまり悲しむでもなく、

「また、ニュースでバトンを落とした場面が流れるんだな……」

と、ため息をついた。

なるほど、被害者の身許が分れば、そういうことになるだろう。

夕子が、そのとき、気付いたように、

「啓一さんが持ってた手紙って、誰からのだったの？」

と訊いた。

「そうだった！」

あまりにややこしいことになって、忘れていた！

「差出人は……〈伊勢原克代《いせはらかつよ》〉となってるな。中は空だ」

「まあ……」

と、朋子が目を見開く。

「知っている人ですか？」

と、私が訊くと、

「知っています」

と、周一が言った。「父が殴って死なせた、伊勢原徹《とおる》さんの娘さんです」

夕子がその封筒の差出人を見て、

「ここ、住所も近いですね」

と言った。

「ええ、父はこの近くの駅前で飲んでいて、事件を起こしたんです。相手の方も近くに住んでおられて。葬儀に母と僕も伺いました」

すると――この〈伊勢原克代〉が、飯田啓一をここへ呼び出したとも考えられる。

「あの……」

と、朋子がおずおずと、「私を逮捕されないんですの？」

と言った。

「自首は改めてして下さい」

捜査一課の警部としては、どうにも妙なセリフだった……。

4　走る

銃声はなかった。

といっても、犯人を追いつめての捕りもの劇の話ではない。

銃声の代りに、ポンと手を打つ、といういささか迫力に欠ける合図と共に、その女性は百メートルの距離を猛然と駆け抜けた。

私などから見れば、そのスピードは信じられないほどの速さなのだが、走り切って足どりを緩めた女性は、肩で息をしながら、不満げに首を振った。

「スタートが少し遅れたな」

ストップウォッチを手にした、トレーニングウェアの男性が言った。「0秒2、遅かった」

「分ってるわ」

と、女性は肯いて、「でも、フライングするのは怖いもの。途中から加速しないとね」

そして、少し離れて立っている私と夕子の方を見ると、

「何かご用ですか？」

と、声をかけた。

「お邪魔して申し訳ない」

と、私は言った。

「あ、神原さんですね」

と、夕子が、ストップウォッチを手にした男性の方へ言った。

「ああ。――この間、レストランで、飯田と一緒だった……」

神原保。あのリレーの走者だった男だ。

「飯田さんって……」

と、女性が言いかける。

「伊勢原克代さんですね」

と、私は言った。「警察の者です」

――競技の行われていないグラウンドは、ずいぶん広く感じられる。

「すみません。体が冷えるので」

と、伊勢原克代はタオルで体を拭くと、トレーニングウェアを着た。「何かご用でしょうか？」

「この手紙は――」

私はあの封筒を取り出して、「あなたが出したんですか？」

それを見て、

「ええ、そうです。それが何か？」

「飯田啓一さんが殺されたんです」

「え？」

克代は目を見開いて、「だって――刑務所にいるんじゃ……」

「仮釈放されたんです。知らなかったんですか？」

「ちっとも。――殺された？」

「待って下さい」

と、神原が言った。「何の話です？」

私は飯田啓一が殺されたことを説明して、

「この封筒を持っていたんです」

と言った。「しかし、中には手紙が入っていなかった。それで、どういう手紙だったのか、伺いたくて」

「彼女を疑ってるんですか？」

と、神原が気色《けしき》ばんで、「そんなはずが――」

「誰もそうは言ってませんよ」

と、私はなだめるように、「ただ、手紙の内容を知りたいだけです」

「これ、父のことについて、書いた手紙でした」

と、克代は言った。

「亡くなったお父さんのこと？」

「ええ、――もちろん、飯田さんのことは恨んでいました。いくら弾《はず》みとはいえ、父を死なせたんですもの。刑務所に入って当然と思いました。でも……」

克代はちょっとためらって、「ある人が……あのときの様子を、ケータイの動画で撮っていたんです」

「啓一さんが殴ったときの？」

「ええ。もちろん居合せた人の話は聞いてましたけど、同じ居酒屋にいたお客の一人が、動画を撮っていて、この間、私が陸上の大会に出たとき、帰りがけに声をかけて来たんです。そして、その動画を……」

克代は首を振って、「それを見て、私……。飯田さんが父を殴ったのは仕方ないと思いました」

「つまり……」

「ええ、父はもともと酔うとしつこく人に絡むくせ、、があったんですけど、そのときは本当にひどくて……。周一さんのことを口汚なくののしって、『父親がこんな風だからだ』って、飯田さんを突き飛ばしたり……。飯田さんが父を殴ったのも当然です」

克代は息をついて、「私、飯田さんに自分の気持ちを伝えたかったんです。あれは仕方のないことだったんだ、って。運が悪かった、って。——飯田さんのことを、もう恨んでいません、と」

「で、手紙を自宅へ？」

「刑務所へどうやって出せばいいか分りませんでしたから、ご自宅へ出したんです。きっと、飯田さんに渡して下さると思って」

「そうでしたか」

と、私は肯いた。

「でも、啓一さんが仮釈放になったこと、朋子さんも知らないと言ってたわ」

と、夕子が言った。「それなのに、どうして啓一さんが手紙を持ってたのかしら？」

「確かにそうだ」

「つまり……啓一さんが帰宅したとき、朋子さんはたまたま留守だったのね。啓一さんは自分宛ての手紙を見付けて、中を読んだ。きっと嬉しかったでしょう」

と、夕子が言った。

すると、

「——僕が父を追い出したんです」

と、声がした。

「周一さん……」

克代がハッとしたように、「まさか、あなた——」

「違うよ。僕は父を殺したりしない。——黙っていてすみませんでした」

と、周一は言った。

「お父さんと会ったんですね」

と、夕子が言った。

「僕は仕事の途中で、用があって家に寄った。父がちょうど帰っていて、びっくりした。手紙のことは知らなかったし、突然帰って来られたら、母がショックを受けると思った。それに、父はあのリレーに……」

「賭けをしてたんですね。あなたもそれを知っていた」

「ええ。息子が必死で練習を積んで、大会に臨んでいるのに、お金を賭けるなんて！　それを知ったのは後からでした。僕はそのことで父を責めて、喧嘩になり、『出て行け』と言って、家から追い出したんです」

「それで公園に……」

「でも、喧嘩はしたけど、殺してはいません。本当です」

「ええ」

と、肯いたのは克代だった。「あの夜は、周一さんは私と一緒でした」

しばらく沈黙があった。

「――そうなのか」

神原が、こわばった表情で、「克代、君は……」

「すみません。神原さんには感謝しています。でも、お気持ちは分ってたけど、どうしても……」

少し間があって、神原は笑い出した。

「神原さん……」

「バトンを落とすなんて、とんでもないドジをやった奴の方がいいのかよ」

「恋って、そんなものですよ」

と、夕子が言った。

「全く……。克代が、どうしても俺を拒んで、ムシャクシャして彼女の家から帰る途中、あの公園の前を通った。ベンチに座ってるのが飯田の父親だと気付いて、声をかけた。親父さんは酔ってて、俺に絡んで来た。あのときバトンの渡し方が下手だったんだ、って。俺が周一に渡したわけじゃないのに。――放っといて行こうとしたら、親父さんが俺の腕をつかんで、『逃げるのか！』って言った。俺は逃げることの大嫌いな男なんだ。腹が立って、親父さんを殴った……」

と、神原は肩をすくめて、「まさか死んじまうとは思わなかった。刑事さん、俺がやったんです」

「待って下さい」

と、私は言った。「飯田啓一さんは刺し殺されたんですよ。殴られて死んだわけじゃない」

「え？」

と、神原が目を丸くした。「それじゃ……」

私のケータイが鳴った。

夕子が周一に言った。

「朋子さんはあなたとお父さんの喧嘩を、きっと聞いてたんですよ。だから、てっきりあなたが殺したのかと思って、ご自分が自白されたんです」

「それじゃ一体……」

私はケータイをポケットに戻して、

「犯人が捕まったそうです」

と言った。「殴られてのびている啓一さんを見かけて、ポケットから金を盗《と》ろうとしたチンピラがいて、でも啓一さんが気が付いて争いになって、ナイフで刺してしまったと……。克代さんの手紙を、ポケットの千円札と一緒に持って行ったそうですよ。啓一さんはあなたの手紙がよほど嬉しかったんですね。封筒から出して何度も読み返していたんでしょう」

誰もがしばらく黙って立っていた。

「――運の悪いことが重なる。そんなこともあるんですね」

と、夕子が言った。

「おい、飯田」

と、神原が言った。「克代を指導するのはお前に任せるよ」

「神原、僕はもう……」

「また走ればいいじゃないか」

周一は首を振って、

「僕は親父に走らされてただけだ。これから自分が本当にやりたいことを捜すよ」

「そうか。じゃ、克代を譲ってくれるか？」

「いやよ！」

克代が周一に駆け寄った。

「そのダッシュだ」

と、神原が言った。「それなら、百メートルの記録も縮められるぞ」

克代が苦笑して、周一を強引に引っ張って行った。

「引き上げるか」

と、私は夕子に言った。

「やれやれ」

と、神原が言った。「結局、どっちが損したんだか……」

「バトンの他にも、人が人に渡すものは色々あるんですよ」

と、夕子が言った。

幽霊解放区

1　予約

町から大分離れた辺りにしては、洒落た造りのレストランだった。

下手をすれば夕食を食べそこなうかと思っていた私と夕子は、国道沿いにポカッと明るく浮んで見える、そのレストランを見付けてホッとしたのだった。

そして、中年の夫婦でやっているというそこの味も、悪くなかったのである。

「N町の方ではございませんね」

と、店の奥さんが、食後のデザートを出しながら言った。

「東京からです」

と、永井夕子が言った。

「まあ、お車で？」

「いや、S市でレンタカーを借りてね」

と、私は言った。「今夜はN町に一泊することになっているので」

「まあ、そうですか。お寄りいただいて、嬉しいですわ」

と、奥さんは言って、「ゆかりちゃん、コーヒーをおいれして」

「はい」

二十歳前後だろう、可愛いエプロンを付けた健康そうな女の子である。

「アルバイトなんですよ」

と、奥さんが言った。「普段は主人が料理を作って、私がサービスするので充分なんですけど、たまにグループでおみえになると、私一人では大変で……」

ゆかりと呼ばれた子は、コーヒーメーカーをセットして、私たちのコーヒーをいれてくれた。

今日は私と夕子の二人しか客がいない。店に入るのが八時ごろになったので、その前には客があったのかもしれないが。

「お待たせしました」

ゆかりがコーヒーを運んで来る。

「どうも。――いい香りだ」

と、私は言った。

ゆかりはクリッとした大きな目で、

「一つ訊いていいですか？」

と言った。

「何だい？」

「お二人、不倫ですか？」

それを聞いて、奥さんが、

「ゆかりちゃん！　失礼でしょ、そんなこと！」

と、あわてて言った。

「だって気になるんですもん。奥さんだって、さっき言ってたじゃないですか」

私と夕子はふき出しそうになった。

「――恋人同士よ」

と、夕子が言った。「でも、この人、独身だから、不倫じゃないわ」

「あ、そうなんですね」

と、ゆかりは納得の様子で、「不倫にしちゃ、明るくて楽しそうだな、って思ってたんです」

あっけらかんとした言い方には、笑うしかない。

「コーヒー、よかったら、おかわり、どうぞ」

と言って、ゆかりはカウンターの方へ戻って行った。

ちょうどカウンターの電話が鳴って、そばにいたゆかりが受話器を取った。

「――はい、レストラン〈S〉でございます。――ご予約ですか？　はい、お待ち下さい」

ゆかりはメモ用紙を手もとに引き寄せて、「お日にちは？　――明日の午後七時ですね。何名様でしょうか。――はい、四名様――お名前をちょうだいできますか？　――〈みね〉……何でしょう？　もう一度、恐れ入りますが。――〈みねはら〉様ですね。――ええ、〈山〉の〈峰〉と〈原っぱ〉の〈原〉で。〈竜〉と〈三〉。〈峰原竜三《りゅうぞう》〉様ですね？」

調理場で皿の割れる音がした。

見れば、中の主人が凍りついたように立ちすくんでいる。そして、奥さんもまた青ざめて、電話しているゆかりの方を見ていた。

「――ありがとうございます。では、明日、お待ちしておりますので。――失礼いたします」

ゆかりは電話を切ると、メモを手に、

「明日の七時、四名様です」

と言ったが……。

「あの……どうかしましたか？」

と、ゆかりは不安げに、「私の対応、まずかったでしょうか」

そのとき、店の主人が呻《うめ》くように言った。

「そんな馬鹿なことがあるもんか！」

「あなた――」

「〈峰原竜三〉だと？　そんなこと、あるはずがない！」

主人の声は震えていた。「〈峰原竜三〉は死んだはずだ！」

ゆかりが呆気に取られた様子で、

「じゃ……今の電話、あの世からですか？」

と言ったのだった。


「警察の方ですか」

と、真田《さなだ》充夫《みつお》は言った。

このレストランの主人である。

「お恥ずかしいです。取り乱して」

と、真田充夫が言うと、

「びっくりされたでしょう。これにはわけがありまして……」

と、妻――真田睦子《むつこ》が言った。

「もしよろしければ、聞かせて下さい」

と、私が言うと、夫婦は顔を見合せた。

「無理に、とは言いません」

と、私は言った。「いずれにしろ、ここは私の管轄外ですし」

真田充夫は、

「これには色々事情が……。せっかくのお言葉ですが、忘れて下さい」

と、頭を下げた。

「分りました」

と、私は肯《うなず》いて、「では、遅くなってもホテルの方で心配するでしょう。支払いをして、我々は失礼します」

「よろしく」

私は支払いを済ませると、レストランを出た。

夫婦は、私たちの車が出るのを、わざわざ表まで出て来て見送ってくれた。

——夜道を走らせながら、

「どういう事情だったのかしら」

と、夕子が言った。

こんな状況に、夕子が興味を持たないはずがない。

「そうだなあ……」

「まるで幽霊に出会ったみたいにびっくりしてたわね、あの夫婦」

「うん……」

「何か考え込んでる？　心当りでも？」

と訊かれて、

「峰原って名前に、何となく聞き憶えがあるんだ。何だったか……」

「調べたら分るんじゃゃない？」

「待ってくれ。――そうだ、いいことがある」

と、私は言った。「この辺の新聞の記者を知ってる。そいつに訊けば分るだろう」

「じゃ、ホテルに着いたら、電話してみて」

夕子が目を輝かせている。

やれやれ、こんな予定じゃなかったのだが……。

――警視庁の捜査一課警部の私、宇野喬一が、恋人である女子大生、永井夕子とこうして出かけて来たのは、これから行くN町にある〈人形博物館〉のためである。

ある事件がきっかけで知り合った、人形製作者の智江《ともえ》沙知子《さちこ》という女性の作品を収めた博物館がオープンすることになり、その開館イベントに夕子と二人、招かれたのだ。

明日のオープンのセレモニーには、ここの町長も出席するとのことで、知り合いの記者とも連絡を取っていた。

ホテルに入ると、まだそう遅い時間ではなかったので、K新聞の記者、太田《おおた》健《けん》に電話した。

太田はすぐにホテルへ来ると言った。

夕子と二人、ロビーラウンジで待っていると、タクシーが停り、太田が降りて来た。

「――やあ、宇野さん！」

三十七、八になろうか、太田はちょっと小太りだが、いかにも人の好さそうな男である。

夕子を紹介すると、

「こちらが……。そうですか！」

と、やたら感心の面持ちで、「いや、光栄です！」

と、夕子の手を取ってキスでもしかねない様子だった。

「私のこと、ご存知？」

「ええ。人形の智江さんから伺ってますよ」

「なるほど、そうか」

と、私は言った。

「どうです？　ちょっと飲みに出ませんか」

と、太田は楽しげに言った。

というわけで、夕子ともども、夜の町へ出て、太田のなじみの居酒屋に入ったのだが——。

「訊きたいことって、何ですか？」

と、太田が言った。

私は途中のレストランでの出来事を話し、

「峰原って名前、どこかで聞いたようなんだが……」

「レストラン〈S〉で。そうですか……」

太田は肯いて、「それは、もしかすると、本当の幽霊かもしれませんよ」

と言った……。

2　不運

その日、レストラン〈S〉のオーナーシェフである真田充夫は、車を運転して、帰りを急いでいた。

昼間、どうしても外せない会合があって、車で一時間ほどの町へ出かけていた。午後三時には出られるはずだったので、四時過ぎに店に入れる。

それなら、〈S〉にディナーに来るグループの六時の予約までに充分間に合う——はずだった。

ところが、午後三時に終るはずだった会合は、中心になるメンバーが遅れて現われたので、四時半近くまでかかってしまった。

五時半に店に戻ったら、六時からの食事の仕度にぎりぎり間に合うかどうかだ。

真田は焦ったが、どうにもならない。

車を飛ばしながら、ケータイで店へかけて、妻の睦子に、下ごしらえをやれることだけやっておいてくれ、と指示した。

睦子でも、初めのオードヴルぐらいは何とか作れる。そこでメインの料理の時間を稼ぐしかない。

幸い道は空いていたので、真田はスピードを上げた。当然、スピード違反はしていただろうが、こんな田舎の道に白バイなどいない。

「よし、この調子なら……」

五時十五分ぐらいには店に着けるだろう。

いくらかホッとした気持で、町の外れにさしかかった。

少年たちが野球やサッカーをするグラウンドがあり、その脇を抜けると、レストランにいくらか早く着ける細い道がある。

そこへ入るか、それとも広い通りでスピードを上げて走るか、一瞬迷った。

迷いながら、スピードを落としていたのが幸いだった。

グラウンドは全く人影がなかったのだが、更衣室やシャワールームのある建物から、突然誰かが飛び出して来たのである。

急ブレーキを踏む。間一髪、はねずに停った。

冷汗をかいて、怒るのも忘れていると、その男は、びっくりした様子だったが、すぐにそのまま駆けて行ってしまった。

「あれは……峰原さんじゃないか」

と、真田はやっとそれに気付いた。

顔は知っているものの、付合いはほとんどないので、すぐには分らなかったのだ。

「ともかく急ごう」

気を取り直して、車を出す。

真田の頭は、六時のディナーの準備に間に合うかどうかということで一杯だった。少なくとも、このとき、チラッと、「峰原さんはどうしてあんなにあわてていたんだろう?」という考えが頭に浮んだとしても、それはほんの一、二秒のことでしかなかったのである。

そして……。

ディナーは無事に終った。

手を抜くこともなく、客たちは真田が汗をかいたことなど、全く気付かなかった。

「――やれやれ」

と、真田は客が帰ってしまうと、椅子に座り込んだ。

「お疲れさま」

と、睦子はテーブルを片付けながら、「今日はもう予約入ってないわ。ゆっくり休んだら？」

「そうだな……」

と、伸びをして立ち上ると――。「おい、車だ」

「何かしら？」

もう九時半になっている。突然の客が来ても、遅すぎる。

「――失礼」

と、入って来たのは、顔なじみの男だった。

「やあ、中林《なかばやし》さん、どうした？」

と、真田は訊いた。

中林は、N町の商店街で土産物の店をやっている。商店会の会長でもあり、真田もよく知っていた。

「夜分にすまん」

中林はひどく汗をかいていた。

「何かあったのか？」

と、真田が訊くと、

「うちの小百合《さゆり》を見なかったか？」

「小百合ちゃん？　いや、知らんよ。俺は今日ずっと出かけてて……。おい、睦子、お前、見たかい？」

「いいえ。私、今日は町へ行かなかったの。――小百合ちゃんがどうかした？」

「帰って来ないんだ。こんな時間になっても……。そんなわけはないんだが」

まだそう遅い時間ではないのだが、真田も中林が一人娘の小百合については、ずいぶん口やかましいと知っていた。

「どこか友達の所で、つい遅くなってるんじゃないのか？」

と、気楽な口調で言うと、

「違うんだ！」

と、中林は激しく首を振った。「友達の家へ行くと言って出かけたんだが、電話してみたら、今日小百合が行くことにはなっていなかったと……」

「心配ね、それは」

と、睦子が言った。「礼子《れいこ》さんも気が気じゃないでしょう」

中林の妻、礼子は、この〈S〉にも、親しい奥さんたちを誘って、ちょくちょくランチを食べに来る。

「礼子は町のあちこちに当ってみてる。ゲームセンターや、スナックや……」

「しかし、小百合ちゃんのことはみんな知ってる。遅くまで遊んでたら、誰かが注意するだろう」

小百合は十六歳の高校生だ。ふっくらして、愛敬のある丸顔をしている。

「すまなかった」

と、中林は言って、汗を拭くと、帰って行った。

「——どうしたのかしら」

と、睦子が言った。

「まだ九時半だぞ、今どきの十六歳が、こんな時間ぐらいまで遊んでても普通さ。父親が心配し過ぎるんだ」

真田は肩をすくめて、「それより、明日の予約、何時だった？」

と訊いた。

しかし、真田は楽観的過ぎた。——中林小百合は翌日、死体で発見されたのである。

あのグラウンドの更衣室の中だった。

そして、もちろん、真田は車の前に飛び出して来た男——峰原竜三のことを思い出したのである……。

「で、当然、真田さんはそのことを警察に話したんです」

と、太田は言った。

「小百合さんは……」

と、夕子が言いかけると、

「乱暴されて、首を絞められたんです」

と、太田は言った。「もちろん、そんな事件がこの町で起きたことはありません。大変な騒ぎでした。そして——真田さんの証言で、峰原さんが逮捕されたんです」

「証拠になるものは？」

「実はそこまで捜査は進まなかったんですよ」

「というと？」

と、夕子は訊いた。

「峰原さんは、やっていないと言っていました。でも、町中が峰原さんを犯人だと信じ込んでいて……」

「思い出したよ」

と、私は言った。「現場検証のときに……」

「ええ、そうなんです」

と、太田は肯いた。「峰原さんが殺人の現場へ連れて行かれたとき、中林さんが待ち構えていたんです」

「峰原さんはどう言ってたんですか？」

「峰原さんはあの日、清掃当番でした。あのグラウンドはN町のものなので、更衣室やシャワールームの入った建物を、町の人間が交替で清掃することになってたんです。あの日、峰原さんは当番で、掃除をしていた。シャワールームを掃除して、更衣室へ移ろうとしたとき、峰原さんのケータイに電話が入ったと。——これは峰原さんの主張です。峰原さんには、十九になるすずという娘さんと、十八歳の竜彦《たつひこ》という息子さんがいました。電話は、竜彦君の高校の者と名のり、クラブ活動のサッカーの試合中に彼がけがをした、と言ったんです。峰原さんはびっくりして、急いで飛び出したと……」

「そのとき、真田さんの車に出会った」

「そうです。しかし、峰原さんはあわてていたので、真田さんの車のことなど、ほとんど憶えていませんでした」

「それで……」

「竜彦君の高校へ駆けつけると、けがをしたなどということはなく、峰原さんはホッとしながらもわけが分らなかったそうです」

「その電話のことは？」

「高校の職員などに訊いても、誰もそんな電話はかけていない、ということでした。峰原さんも、声では誰だか分らないし、誰かのいたずらだろうと思ったんです。しかし、もう時間が遅くなっていたので、あの更衣室の掃除は次の日に行ってやろうと思い、帰宅したと……」

「だが、中林さんは信じなかった」

と、私は言った。

「ええ。頭から、峰原さんがやったと決めてかかっていましたからね。――現場検証が終って、警察の車へ戻ろうとした峰原さんを、中林さんがいきなり突き飛ばしたんです。ちょうどやって来た大型トラックの前へ」

「それじゃ……」

「峰原さんは即死でした」

「ひどい話ですね……」

と、夕子がため息をつく。

「しかし、ひどいのは、それだけじゃなかった」

と、私は言った。

「峰原さんの家には、いやがらせや中傷のメールやファックス、電話が殺到したんです。

小さな町ですからね。買物にも出られず、子供二人も学校へ行けなかった。そして……」

「火事があった。そうだな？」

「ええ。一軒家だった峰原さんの家が、突然火に包まれました。――火を消し止めるのも間に合わず全焼したんです」

「家の人たちは？」

「分りません」

「え？　だって……」

「放火じゃないかと疑われました。しかし、焼け跡を調べる前に大雨が降って……」

「――何も調べなかったんですか？」

「町の誰かが、土木業者に依頼して、ブルドーザーで、焼け跡を片付けてしまったんですよ。業者は何も知らずにやってしまったらしいんですが、焼け跡から死体も何も出て来なかった」

「じゃ、一家、全員焼け死んだかも？」

「そう思われています。町の人は、母親と子供たちが心中したんだと言って……」

「後味の悪いことだ」

と、私は言った。「その気になれば、ブルドーザーが入ってからでも、色々調べられただろう」

「そうですね。でも、町の人は、その跡地にアッという間に公園を作ってしまったんですよ」

「そもそも、本当に峰原って人が犯人だったの？」

と、夕子は言った。

「どうかな」

と、私は言った。「だからこそ、幽霊が出てもおかしくない」

「あのレストランの予約……」

「うん、〈峰原竜三〉と他三人。――四人揃って、夕食にやって来るかな」

私の言葉に、太田はちょっと肩をすくめた……。

3　人形

「まあ、宇野さん！」

白髪の婦人が、上品なドレス姿で、私たちの方へやって来た。

「どうも、その節は」

「夕子さんも！　嬉しいわ」

七十をいくつか越えていても、智江沙知子は真直ぐに背筋が伸びて、元気そのものだ。

〈人形博物館〉は、智江沙知子の作品だけでなく、この地方を中心にした、様々な地方の人形を集めているとのことだった。

「楽しみにして来ましたわ」

と、夕子が言った。

すでに、人が大勢館内に入って行く。

「もうオープンしたの」

と、智江沙知子は微笑んで、「別にセレモニーっていっても、大したことやるわけじゃないしね。それよりお客さんに見ていただくのが第一ですもの」

「それでこそ、智江さんですよ」

と、私は言った。

私と夕子も、ちゃんと入場券を買って中へ入った。妙に気をつかわれるより、この方がずっと気持いい。

入口からしばらくは智江沙知子の作品が並ぶ。――彼女の人形は、驚くほどリアルかと思えば、マンガのようにデフォルメされていたり、人間に翼が生えて宙を飛んでいたり自由自在だ。

その発想の自由さは、智江沙知子の人生そのものから来ているのだろう。

私も彼女の私生活を知っているわけではないが、パリに長く生活し、日本に戻ってからは、色々な芸術家との付合いで噂にもなった。

しかし、結婚はせず、世間の目も気にすることなく、自分の生き方を貫いた。その潔さに、夕子も憧れているようだ。

「一つ一つの人形に人生がありますね」

と、夕子が展示を見ながら言った。

「そう思ってくれると嬉しいわ」

「智江さん自身の投影ですか？」

「どの人形も多少は私ね。小説家だって同じでしょ」

子供も来ていて、ユーモラスな人形を見て笑っている。よくある美術館のように、ひと言でも声に出したら、

「黙って！」

と、注意されたりしない。

「アートは、すべての人のものよ」

と、智江は言った。「楽しみ方は人それぞれ、自由です」

「すてきですね！」

と、夕子が言った。

すると、

「どうなってるんだ？」

という声がして、数人の背広姿の男たちが入って来た。

「あら、町長さん」

と、智江沙知子はにこやかに、「みんな、とても喜んでくれていますわ」

「これはどうも……」

N町長の久長《ひさなが》は、沙知子に会釈して、「しかし、オープニングのセレモニーが……」

「ええ、会場の中央にスペースがありますから、そこで」

「そうですか。一般客はセレモニーの後に入れるのかと思っていましたが」

「町長さんも『一般客』ですよ。だって、町の人々のために、町の人の僕《しもべ》として働いてらっしゃるんですもの。ねえ？」

久長の憮然《ぶぜん》とした表情には、「特別扱い」されないことへの不満がはっきり浮んでいたが、何しろ相手は海外にも名を知られたアーティストである。

文句を言うわけにもいかず、引きつったような笑顔を作るのがやっとだった。

客たちの間を通って、少し広いスペースに出ると、

「そこにマイクが」

と、沙知子が言った。「ご挨拶をどうぞ」

「それでは……」

もちろん、ほとんどの客は久長のことに気付かずに通り過ぎて行く。久長は仏頂面《ぶっちょうづら》で、

「町長の久長です！」

と、精一杯の声を張り上げた。「この度、わがN町に、高名な智江沙知代先生をお招きして――」

夕子がすかさず、

「『沙知子』先生ですよ！」

と、声をかけた。

久長は面白くなさそうに言い直すと、

「本日、こうしてオープンを迎えましたことは――」

と言いかけた。

それを遮《さえぎ》ったのは、

「何だ、これは！」

という、叫び声だった。

誰もが足を止めるほどの、切迫した声だった。そして、その声の主は――。

「あのシェフだわ」

と、夕子が言った。

そう、レストラン〈S〉の、真田充夫だったのである。

「どういうつもりだ！」

真田は取り乱していた。

「あなた！　落ちついて」

と、妻の睦子が夫の腕をつかむ。

「どうなさったんですか？」

と、沙知子が歩み寄ると、

「これはあんたのしわざか！」

と、真田が詰め寄った。

「何のことですか？」

「この人形だ！」

私と夕子も、それを見た。

父親と母親、そして女の子と男の子の四人家族。それが燃え盛る家の中で身を寄せ合っている光景。

炎はギラギラと光って、本物のようにリアルだった。

「これはもしかして……」

と、私は言った。「峰原一家の人形ですか？」

「よく似ています」

と、睦子が言った。「確かにあの人たちですわ」

「馬鹿な！」

と、真田が憤然として、「どうしてこんな人形を作ったんだ！」

「私ではありません」

と、沙知子が言った。

「と言うと？」

「ここから奥は、一般の方々の作品も並んでいるんです。これは町のどなたかの作でしょう」

「何ごとです？」

と、久長がやって来て、「これは……」

「今夜のディナーの予約も入っていましたね」

と、夕子は言った。

「いやがらせだ！　俺は……正しいことをしたんだ」

と、真田は言った。

「しかし、問題はあります」

と、私は言った。「峰原竜三をトラックの前に突き飛ばして死なせた中林さんは、『誤ってぶつかっただけ』として、罪に問われなかった。妻子の家が焼けたのも、放火かどうか検証されないままだったでしょう」

「そんなこと、俺の知ったことじゃない！」

と、真田は言い返した。「あんなひどいことをした奴は、ああなって当然だ！」

明らかに、真田は怯えていた。

「待ってくれ」

と、久長は顔をしかめて、「君は何だ？　峰原がどうしたというんだ？　もうすべて片付いた話じゃないか」

私が身分を明かすと、久長はちょっとひるんだが、

「しかし――東京の刑事さんがどうしてN町の事件に首を突っ込んでるんだ？」

「好きで首を突っ込んでいるわけじゃありませんよ」

「でも、今夜の七時には、誰かがレストラン〈S〉に現われるかもしれませんよ」

と、夕子が言った。

4　ディナー

「どうするの、料理？」

と、睦子が夫に訊いた。

「用意はしてある」

と、真田は大分落ちついた様子で、キッチンに立っていた。

「馬鹿らしい！」

と、レストラン〈S〉へやって来ていた久長が言った。「そんな電話は誰かのいたずらに決っとる！」

「私はただ、聞いた通りを……」

と、バイトの八田《はった》ゆかりが口を尖《とが》らしている。「あと二分で七時です」

「誰も来やしないさ」

と、真田は首を振って、「料理は町長さんに召し上っていただこう」

そのとき――車のライトがレストランの窓に当ると、レストランの前に車が回って来て停った。

「誰かみえたようですね」

と、私は言った。

車のドアの閉まる音。――みんなが見つめていると、ドアが開いて、

「やあ！　今晩は！」

と、陽気な声を出して、太った五十がらみの男が入って来た。そして、スーツ姿の女性。

「三橋《みはし》さん……」

睦子が面食らって、「どうも……。あの……」

「いや、今日はご招待いただいてありがとう！」

背広にネクタイの太った男はニコニコして、「家内まで招待していただくとは、申し訳ない」

「招待？」

睦子が当惑して、「私どもがですか？」

「わざわざファックスをもらって。——違うのかね？」

三橋という男は妻と顔を見合せた。

「いえ、でも……。もちろん、お食事していただくのは嬉しいですわ」

と、睦子があわてて、「ゆかりちゃん、ご案内を」

「はい。あの——四人の席とは別の方がいいですか？」

睦子はちょっと苛立ったように、

「どこでもいいわよ！」

「はい、では、どうぞ」

三橋夫婦は、釈然としない様子で、私と夕子の隣のテーブルについた。

「メニューは任せていただいても？」

と、睦子が訊いた。

「ええ、もちろん」

「ちょっと伺っても？」

と、私は言った。「隣町の商店会長の三橋さんですね」

「ええ、そうですが……」

「二年前のことを憶えていらっしゃいますか？」

「二年前というと……」

「中林小百合ちゃんが殺された日のことです」

「ああ！　もちろんですよ。あのときは大騒ぎだった」

と、三橋は肯いた。

「あの事件のあった日、そちらの町で、ここのご主人も交えて、恒例の会合があったんですね」

「そう、そうでした。それが何か？」

「あなたはその日、会合に大分遅れて行かれた。そのせいで、終るのが予定より遅くなったんでしたね」

「何を言ってるんだ！」

真田がキッチンから出て来て言った。「そんな前のことを――」

「いや、そんなことはありませんよ」

と、三橋は言った。「私は約束の時間を守ることにはこだわっていますからね。あの会合は、とても楽しみだし、大切ですから、決して遅れたりしません」

微妙な沈黙があった。三橋が戸惑って、

「──どうかしたんですか？」

と、周りを見回した。

「あなた」

と、睦子が言った。「どうしてあのとき、遅れて帰って来たの？」

真田の顔から血の気がひいていた。

「あなた──」

「忘れた！　そんなこと……いちいち憶えていられるか！」

と、真田は叫ぶように言った。

「あなたが峰原さんを見たと言った時刻と、峰原さんが高校へ駆けつけた時刻とは合わなかった。しかし、誰も、細かな時間のずれなど気にしなかったのですね」

と、私は言った。

当惑している三橋に私は身分を明かして、

「あなた方をここへお招《よ》びしたのは私です」

と言った。「当時の新聞記事や、記事にならなかったスキャンダルを、記者の力を借りて調べました。真田さんは、初めの予定通り、午後三時ごろ、あなたたちとの会合を終えて帰路に着いた」

「ええ、そうでした」

「しかし、このレストランに戻ったのは、五時を過ぎていた」

と、私は言った。

「帰りの車に、電話が入ったんじゃないですか？」

と、夕子が言った。「中林小百合さんから真田さんのケータイへ、『あのグラウンドの更衣室にいる』って」

「まさか……」

と、睦子がよろけた。「あなた！」

「違う！　俺は……」

「でも、あそこには峰原さんが清掃に入っていた。小百合さんは、『うまく峰原さんを追い払ってよ』と頼んだ」

と、夕子は続けた。「真田さんは、峰原さんのケータイへ電話して、高校で息子さんがけがをしたと言った。峰原さんはあわてて飛び出して行く。真田さんは、グラウンドで車を停めて、更衣室で待っている小百合さんのところへ……」

「記者から聞きました」

と、私は言った。「検死の結果、報道されなかったが、小百合さんは妊娠していたそうです」

「あなた！」

睦子が夫を見つめて、「あの子とは切れたと言ったじゃないの！」

「俺は……俺は……」

真田がよろけてカウンターにつかまった。「あの子は、お父さんに言いつけてやる、と言ったんだ。あの子の方から誘ったくせに……。本当だ。あの子は他にも男が……」

そのとき、店のドアが開いた。

「あなたは……」

と、睦子が目をみはった。

入って来たのは、人形製作者の智江沙知子だった。

「何としても真実を知りたかったんです」

と、智江沙知子は静かに言った。「峰原竜三さんの妻、康代《やすよ》は、私の娘です」

そして、レストランの中を見回すと、

「あの子は私に助けを求めて来た。でも、そのころ私はヨーロッパでたまたま病気になり入院していたのです。事情を知って、手を打ったときは、もう娘は焼死していた……」

「町長さん」

と、私は久長に言った。「この町に昔から住んでいる人間を守ろうとして、よそ者だった峰原さんたちに罪を負わせるのを傍観していた。あなたの罪でもあります」

「私は……そんなこと知らん！」

と、久長は目をそむけた。

「でも、一人だけ助かったんですよ。峰原すずさんが」

と言ったのは——八田ゆかりだった。

「ゆかりちゃん……」

睦子が啞然として、「あなたは……」

「私、すずと中学校のとき同級生でした」

と、ゆかりは言った。「すずからメールをもらって駆けつけたとき、あの家は炎に包まれてた。でも、お母さんが必死で、すず一人だけ、窓から押し出したんです。でも、竜彦君は助けられなかった……。すずもひどい火傷を負って。でも、あの家に火をつけたのは町の人たちだった。だから私はすずを車に乗せて、町から離れた病院へ連れて行ったんです」

「ゆかりちゃん、ありがとう」

と、沙知子が言った。「まだ療養生活を送っていますが、すずは回復しています」

「そうなのね」

と、夕子が言った。「あの予約の電話って、ゆかりさんが聞いてるふり、をしていたのね」

「ともかく、峰原さんの名誉を回復すること。家に放火した人間を罰すること。――これからやるべきことは沢山ありますよ」

と、私は言った。「県警には連絡してあります。――ああ、来たようですね」

パトカーの赤い灯が店の外に見えた。

「宇野さん、夕子さん、またお世話になってしまって」

と、沙知子が言った。

「とんでもない」

と、私は言った。「もっと早く真実が知れたら良かったですがね」

「智江さん」

と、夕子が言った。「あの峰原さん一家の人形は、やはりあなたが作られたんでしょう?」

「ええ」

と、沙知子は肯いた。「でも、いつまでも炎に包まれていては可哀そう。炎ではなく、天国の虹で囲んであげますよ」

単行本　二〇一九年一月　文藝春秋刊

DTP制作　言語社

文春文庫

幽《ゆう》霊《れい》解《かい》放《ほう》区《く》

定価はカバーに表示してあります

2022年1月10日　第1刷

著　者　赤《あか》川《がわ》次《じ》郎《ろう》
発行者　花田朋子
発行所　株式会社 文藝春秋

東京都千代田区紀尾井町 3-23　〒102-8008
TEL 03・3265・1211㈹
文藝春秋ホームページ　http://www.bunshun.co.jp

落丁、乱丁本は、お手数ですが小社製作部宛お送り下さい。送料小社負担でお取替致します。

印刷製本・凸版印刷
Printed in Japan
ISBN978-4-16-791809-5

（　）内は解説者。品切の節はご容赦下さい。

赤川次郎
幽霊劇場
若手女優と間違えられて、人が殺された。彼女の夫の演出家は大女優との恋仲を噂され、大女優は数々の浮き名を流していた。愛憎渦巻く芸能界で、彼女を恨んでいたのは一体誰なのか。

あ-1-18

赤川次郎
幽霊社員
社長夫人殺害嫌疑のOLを救えるのは、事件の夜残業していた〝幽霊社員〟だけ——表題作ほか「週休四日の男」「行きずりの人」「我輩は忠実なり」を収録した「幽霊」シリーズ第十弾。

あ-1-19

赤川次郎
幽霊教会
奇跡の少女・亜里沙を教祖とする新興宗教団体内で殺人事件発生。宇野警部と永井夕子の推理が冴える。表題作ほか「わが子可愛や」「人生相談は今日も行く」「父さん、お肩を……」収録。

あ-1-20

赤川次郎
幽霊審査員
あの国民的テレビ番組「赤白歌合戦」で審査員を務めることになった宇野。「何か起る」と夕子が予言した通り、本番の舞台裏で事件が……。「犯罪買います」「哀愁列車」など全七編。

あ-1-42

赤川次郎
幽霊協奏曲
美貌のピアニストと、ヴァイオリニストの男。因縁の二人が舞台で再会し、さらに指揮者が乱入？　ステージの行方は……。「後ろ姿の夜桜」「夕やけ小やけ」など全七編を収録。

あ-1-46

赤川次郎
マリオネットの罠
私はガラスの人形と呼ばれていた——。森の館に幽閉された美少女、都会の空白に起こる連続殺人。複雑に絡み合った人間の欲望を鮮やかに描いた、赤川次郎の処女長篇。（権田萬治）

あ-1-27

（　）内は解説者。品切の節はご容赦下さい。

赤川次郎クラシックス
幽霊列車
山間の温泉町へ向う列車から八人の乗客が蒸発。中年警部・宇野は推理マニアの女子大生・永井夕子と謎を追う――。オール讀物推理小説新人賞受賞作を含む記念碑的作品集。（山前　譲）
あ-1-39

赤川次郎クラシックス
幽霊候補生
〈乗用車・湖へ転落。大学生二人絶望〉と報じる画面に永井夕子の顔が映る。五か月後、宇野警部はある事件を捜査中、件の湖で撮られた写真に、死んだはずの夕子の姿を見つけるが――。
あ-1-41

赤川次郎クラシックス
幽霊愛好会
夫が月に一度、降霊術の集いで「幽霊」になった先妻に会いに行く……友人の告白に驚く永井夕子と宇野警部。案の定その邸宅で、娘が何者かに刺され死亡するという衝撃の事件が！
あ-1-43

赤川次郎クラシックス
幽霊心理学
「殺人」も「凶器」も今日だけは忘れるはずだったのに……宇野警部と永井夕子がレストランで食事をしていると、一家皆殺しの容疑者がすぐそばの席に？　名コンビが大活躍する全五編。
あ-1-44

赤川次郎クラシックス
幽霊湖畔
宇野と夕子が休暇で滞在中の湖畔のホテルで、死体が発見される。その湖の底にはかつての強盗殺人事件で奪われた二億円相当の宝石が？　どこから読んでも楽しめる、好評シリーズ。
あ-1-45

赤川次郎
幽霊記念日
英文学教授の息子の自殺の原因とされた女子大生が、その偲ぶ会の会場となった学園で刺された。学部長選挙がらみの事件で学園中が大混乱に陥った。好評「幽霊」シリーズ第七冊目。
あ-1-16

赤川次郎
幽霊散歩道《プロムナード》
オニ警部宇野と女子大生の夕子がＴＶのエキストラに出演中、殺人事件と首吊り事件が発生。無理心中か、はたまた真犯人はいるのか？　騒然とするスタジオで名コンビの推理が冴える。
あ-1-17

（　）内は解説者。品切の節はご容赦下さい。

浅田次郎
姫椿
飼い猫に死なれたOL、死に場所を探す社長、若い頃別れた恋人への思いを秘めた男、妻に先立たれ競馬場に通う助教授……。凍てついた心にぬくもりが舞い降りる全八篇。（金子成人）
あ-39-4

浅田次郎
草原からの使者
沙高樓綺譚
総裁選の内幕、莫大な遺産を受け継いだ御曹司が体験するカジノの一夜、競馬場の老人が握る幾多の人生。富と権力を持つ人間たちの虚無と幸福を浅田次郎が自在に映し出す。（有川　浩）
あ-39-11

浅田次郎
降霊会の夜
生者と死者が語り合う降霊会に招かれた作家の〝私〟は、思いもかけない人たちと再会する……。青春時代に置き忘れたもの、戦後という時代に取り残されたものへの鎮魂歌。（森　絵都）
あ-39-18

浅田次郎
獅子吼《ししく》
戦争・高度成長・大学紛争――いつの時代、どう生きても、過酷な運命は降りかかる。激しい感情を抑え進む、名も無き人々の姿を描きだした、華も涙もある王道の短編集。（吉川晃司）
あ-39-19

あさのあつこ
透き通った風が吹いて
野球部を引退した高三の渓哉は将来が思い描けず焦燥感にさいなまれている。ある日道に迷う里香という女性と出会うが……書き下ろし短篇「もう一つの風」を収録した直球青春小説。
あ-43-20

あさのあつこ
I love letter
アイラブレター
文通会社で働き始めた元引きこもりの岳彦に届くのは、ワケありの手紙ばかり。いつしか自分の言葉を便箋に連ね、手紙で難事に向き合っていく。温かくて切なく、少し怖い六つの物語。
あ-43-21

有栖川有栖
火村英生に捧げる犯罪
臨床犯罪学者・火村英生のもとに送られてきた犯罪予告めいたファックス。術策の小さな綻びから犯罪が露呈する表題作他、哀切でエレガントな珠玉の作品が並ぶ人気シリーズ。（柄刀　一）
あ-59-1

（　）内は解説者。品切の節はご容赦下さい。

有栖川有栖
菩提樹荘の殺人
少年犯罪、お笑い芸人の野望、学生時代の火村英生の名推理、アンチエイジングのカリスマの怪事件とアリスの悲恋。「若さ」をモチーフにした人気シリーズ作品集。（円堂都司昭）
あ-59-2

阿部智里
烏《からす》に単《ひとえ》は似合わない
八咫烏の一族が支配する世界「山内」。世継ぎの后選びを巡る有力貴族の姫君たちの争いに絡み様々な事件が……。史上最年少松本清張賞受賞作となった和製ファンタジー。（東　えりか）
あ-65-1

阿部智里
烏《からす》は主《あるじ》を選ばない
優秀な兄宮を退け日嗣の御子の座に就いた若宮に仕えることになった雪哉。だが周囲は敵だらけ、若宮の命を狙う輩も次々に現れる。彼らは朝廷権力闘争に勝てるのか？（大矢博子）
あ-65-2

青柳碧人
国語、数学、理科、誘拐
進学塾で起きた小6少女の誘拐事件。身代金5000円、すべて1円玉で?!　5人の講師と生徒たちが事件に挑む。「読むと勉強が好きになる」心優しい塾ミステリ！（太田あや）
あ-67-2

青柳碧人
国語、数学、理科、漂流
中学三年生の夏合宿で島にやってきたJSS進学塾の面々。勉強漬けの三泊四日のはずが、不穏な雰囲気が流れ始め、ついには行方不明者が！　大好評塾ミステリー第二弾。
あ-67-4

朝井リョウ
武道館
【正しい選択】なんて、この世にない。「武道館ライブ」という合言葉のもとに活動する少女たちが最終的に〝自分の頭で〟選んだ道とは――。大きな夢に向かう姿を描く。（つんく♂）
あ-68-2

朝井リョウ
ままならないから私とあなた
平凡だが心優しい雪子の友人、薫は天才少女と呼ばれる。成長に従い、二人の価値観は次第に離れていき、決定的な対立が訪れるが……。一章分加筆の表題作ほか一篇収録。（小出祐介）
あ-68-3

（　）内は解説者。品切の節はご容赦下さい。

安東能明
夜の署長
新米刑事の野上は、日本一のマンモス警察署・新宿署に配属される。そこには〝夜の署長〟の異名を持つベテラン刑事・下妻がいた。警察小説のニューヒーロー登場。（村上貴史）
あ-74-1

安東能明
夜の署長2　密売者
夜間犯罪発生率日本一の新宿署で〝夜の署長〟の異名を取り、高い捜査能力を持つベテラン刑事・下妻。新人の沙月は新宿で起きる四つの事件で指揮下に入り、やがて彼の凄みを知る。
あ-74-2

明石家さんま　原作
Ｊｉｍｍｙ
一九八〇年代の大阪。幼い頃から失敗ばかりの大西秀明は、高校卒業後なんば花月の舞台進行見習いに。人気絶頂の明石家さんまに出会い、孤独や劣等感を抱きながら芸人として成長していく。
あ-75-1

浅葉なつ
どうかこの声が、あなたに届きますように
地下アイドル時代、心身に傷を負った20歳の奈々子がラジオアシスタントに。「伝説の十秒回」と呼ばれる神回を経て成長する彼女と、切実な日々を生きるリスナーの交流を描く感動作。
あ-77-1

天祢　涼
希望が死んだ夜に
14歳の少女が同級生殺害容疑で緊急逮捕された。少女は犯行を認めたが動機を全く語らない。彼女は何を隠しているのか？　捜査を進めると意外な真実が明らかになり……。（細谷正充）
あ-78-1

朱野帰子
科学オタがマイナスイオンの部署に異動しました
電器メーカーに勤める科学マニアの賢児は、非科学的商品を「廃止すべき」と言い、鼻つまみ者扱いに。自分の信念を曲げられずに戦う全ての働く人に贈る、お仕事小説。（塩田春香）
あ-79-1

秋吉理香子
サイレンス
深雪は婚約者の俊亜貴と故郷の島を訪れるが、彼には秘密があった。結婚をして普通の幸せを手に入れたい深雪の運命が狂い始める。一気読み必至のサスペンス小説。（澤村伊智）
あ-80-1

（　）内は解説者。品切の節はご容赦下さい

朝井まかて
銀の猫
嫁ぎ先を離縁され「介抱人」として稼ぐお咲。年寄りたちに人生を教わる一方で、妾奉公を繰り返し身勝手に生きてきた、自分の母親を許せない。江戸の介護を描く傑作長編。（秋山香乃）
あ-81-1

石田衣良
池袋ウエストゲートパーク
刺す少年、消える少女、潰し合うギャング団……命がけのストリートを軽やかに疾走する若者たちの現在を、クールに鮮烈に描いた人気シリーズ第一弾。表題作など全四篇収録。（池上冬樹）
い-47-1

石田衣良
PRIDE ——プライド
池袋ウエストゲートパークⅩ
四人組の暴行魔を探してほしい——ちぎれたネックレスを下げた美女の依頼で、マコトはあるホームレス自立支援組織を調べ始める。IWGPシリーズ第1期完結の10巻目！（杉江松恋）
い-47-18

石田衣良
憎悪のパレード
池袋ウエストゲートパークⅪ
IWGP第二シーズン開幕！　変容していく池袋、でもあの男たちは変わらない。脱法ドラッグ、ヘイトスピーチ……続発するトラブルを巡り、マコトやタカシが躍動する。（安田浩一）
い-47-21

石田衣良
西一番街ブラックバイト
池袋ウエストゲートパークⅫ
勤め先の店で無能扱いされた若者が池袋の雑居ビルで飛びおり自殺を図る。耳触りのいい言葉で若者を洗脳し、つかい潰すブラック企業の闇に、マコトとタカシが斬りこむ！（今野晴貴）
い-47-22

石田衣良
裏切りのホワイトカード
池袋ウエストゲートパークⅩⅢ
闇サイトに載った怪しげな超高給バイトの情報。報酬はたった半日で10万円以上。池袋の若者達が浮き足立つ中、マコトにはある財団から依頼が持ち込まれる。（対談・朝井リョウ）
い-47-23

石田衣良
池袋ウエストゲートパーク ザ レジェンド
時代を鮮やかに切り取る名シリーズの初期から近作まで、読者投票で人気を集めたレジェンド級エピソード八篇を厳選した〈傑作選〉。マコトとタカシの魅力が全開の、爽快ミステリー！
い-47-36

（　）内は解説者。品切の節はご容赦下さい。

石田衣良
ＭＩＬＫ
切実な欲望を抱きながらも、どこかチャーミングなおとなの男女たちを描く10篇を収録。切なさとあたたかさを秘めた、心と身体をざわつかせる刺激的な恋愛短篇集。（いしいのりえ）
い-47-35

池井戸 潤
オレたちバブル入行組
支店長命令で融資を実行した会社が倒産。社長は雲隠れ。上司は責任回避。四面楚歌のオレには債権回収あるのみ……。半沢直樹が活躍する痛快エンタテインメント第1弾！（村上貴史）
い-64-2

池井戸 潤
オレたち花のバブル組
あのバブル入行組が帰ってきた。巨額損失を出した老舗ホテル再建、金融庁の嫌みな相手との闘い。絶対に負けられない闘いの結末は？　大ヒット半沢直樹シリーズ第2弾！（村上貴史）
い-64-4

池井戸 潤
シャイロックの子供たち
現金紛失事件の後、行員が失踪!?　上がらない成績、叩き上げの誇り、社内恋愛、家族への思い……事件の裏に透ける行員たちの葛藤。圧巻の金融クライム・ノベル！（霜月　蒼）
い-64-3

池井戸 潤
かばん屋の相続
「妻の元カレ」「手形の行方」「芥のごとく」他。銀行に勤める男たちが、長いサラリーマン人生の中で出会う、さまざまな困難と悲哀。六つの短篇で綴る、文春文庫オリジナル作品。（村上貴史）
い-64-5

池井戸 潤
民王
夢かうつつか、新手のテロか？　総理とその息子に非常事態が発生！　漢字の読めない政治家、酔っぱらい大臣、バカ学生らが入り乱れる痛快政治エンタメ決定版。（村上貴史）
い-64-6

乾《いぬい》 くるみ
イニシエーション・ラブ
甘美で、ときにほろ苦い青春のひとときを瑞々しい筆致で描いた青春小説――と思いきや、最後の二行で全く違った物語に！「必ず二回読みたくなる」と絶賛の傑作ミステリ。（大矢博子）
い-66-1

井上荒野

ママがやった

七十九歳の母が七十二歳の父を殺した。「ママはいいわよべつに、刑務所に入ったって」——男女とは、家族とは何か？　ある家族の半世紀を描いた、愛を巡る八つの物語。（池上冬樹）

い-67-5

伊坂幸太郎

死神の精度

俺が仕事をするといつも降るんだ——七日間の調査の後その人間の生死を決める死神たちは音楽を愛し大抵は死を選ぶ。クールでちょっとズレてる死神が見た六つの人生。（沼野充義）

い-70-1

伊坂幸太郎

死神の浮力

娘を殺された山野辺夫妻は、無罪判決を受けた犯人への復讐を計画していた。そこへ人間の死の可否を判定する〝死神〟の千葉がやってきて、彼らと共に犯人を追うが——。（円堂都司昭）

い-70-2

阿部和重・伊坂幸太郎

キャプテンサンダーボルト（上下）

大陰謀に巻き込まれた小学校以来の友人コンビ。不死身のテロリストと警察から逃げきり、世界を救え！　人気作家二人がタッグを組んで生まれた徹夜必至のエンタメ大作。（佐々木　敦）

い-70-51

乾《いぬい》　ルカ

カレーなる逆襲！

ポンコツ部員のスパイス戦記

廃部寸前の樽大野球部。部存続の条件は名門・道大とのカレー作り対決!?　ヤル気も希望もゼロの残党部員4人は一念発起するのか否か？　読めば腹ペコな青春小説！　文庫オリジナル。

い-78-4

石持浅海

殺し屋、やってます。

《650万円でその殺しを承ります》——コンサルティング会社を経営する富澤允。しかし彼には、殺し屋という裏の顔があった…。殺し屋が日常の謎を推理する異色の短編集。（細谷正充）

い-89-2

伊吹有喜

ミッドナイト・バス

故郷に戻り、深夜バスの運転手として二人の子供を育ててきた利一。ある夜、乗客に十六年前に別れた妻の姿が。乗客たちの人間模様を絡めながら家族の再出発を描く感動長篇。（吉田伸子）

い-102-1

（　）内は解説者。品切の節はご容赦下さい。

岩井俊二
リップヴァンウィンクルの花嫁
「この世界はさ、本当は幸せだらけなんだよ」秘密を抱えながらも愛情を抱きあう女性二人の関係を描き、黒木華、Ｃｏｃｃｏ共演で映画化された、岩井美学が凝縮された渾身の一作。
い-103-1

岩井俊二
ラストレター
「君にまだずっと恋してるって言ったら信じますか？」裕里は亡き姉・未咲のふりをして初恋相手の鏡史郎と文通する――不朽の名作『ラヴレター』につらなる、映画原作小説。（西崎　憲）
い-103-2

いとうみく
車夫
家庭の事情で高校を中退し浅草で人力車夫として働く吉瀬走。大人の世界に足を踏み入れた少年と、同僚や客らとの交流を瑞々しく描く。期待の新鋭、初の文庫化作品。（あさのあつこ）
い-105-1

いとうみく
車夫2
幸せのかっぱ
高校を中退し浅草で人力車をひく吉瀬走。陸上部時代の同級生が会いに来たり、ストーカーにあったりの日々の中、行方不明だった母親が体調を崩したという手紙が届く。（中江有里）
い-105-2

伊与原　新
ブルーネス
地震研究所を辞めた準平は、学界の異端児・武智に「津波のリアルタイム監視」計画に誘われる。個性が強すぎて組織に馴染めないはぐれ研究者たちの無謀な挑戦が始まる！（巽　好幸）
い-106-1

伊岡　瞬
祈り
東京に馴染めない楓太は、公園で信じられない光景を目にする。炊き出しを食べる中年男が箸を滑らせた瞬間――。都会の孤独な二人の人生が交差する時、心震える奇跡が。（杉江松恋）
い-107-1

伊岡　瞬
赤い砂
男が電車に飛び込んだ。検分した鑑識係など3名も相次いで自殺する。刑事の永瀬が事件の真相を追う中、大手製薬会社に脅迫状が届いた。デビュー前に書かれていた、驚異の予言的小説。
い-107-2

歌野晶午
ずっとあなたが好きでした
バイト先の女子高生との淡い恋、美少女の転校生へのときめき、人生の夕暮れ時の穏やかな想い……。サプライズ・ミステリーの名手が綴る恋愛小説集は、一筋縄でいくはずがない!?　（大矢博子）
う-20-3

上田早夕里
薫香のカナピウム
生態系が一変した未来の地球、その熱帯雨林で少女は暮らす。ある日現われた〈巡りの者〉と、森に与えられた試練。立ち向かうことを決めた彼女たちの姿を瑞々しく描く。　（池澤春菜）
う-35-1

冲方　丁
十二人の死にたい子どもたち
安楽死をするために集まった十二人の少年少女。全員一致で決を採り実行に移されるはずのところへ、謎の十三人目の死体が!?　彼らは推理と議論を重ねて実行を目指すが。　（吉田伸子）
う-36-1

逢坂　剛
禿鷹《はげたか》の夜
ヤクザにたかり、弱きはくじく史上最悪の刑事・禿富鷹秋《とくとみたかあき》――通称ハゲタカは神宮署の放し飼い。だが、恋人を奪った南米マフィアだけは許さない。本邦初の警察暗黒小説。　（西上心太）
お-13-6

大沢在昌
魔女の笑窪
闇のコンサルタントとして裏社会を生きる女・水原。男を一瞬で見抜くその能力は、誰にも言えない壮絶な経験から得た代償だった。美しいヒロインが、迫りくる過去と戦う。　（青木千恵）
お-32-7

大沢在昌
魔女の盟約
自らの過去である地獄島を破壊した「全てを見通す女」水原は、家族を殺された女捜査官・白理《バイリー》とともに帰国。自らをはめた「組織」への報復を計画する。『魔女の笑窪』続篇。　（富坂　聰）
お-32-8

大沢在昌
魔女の封印（上下）
裏のコンサルタント水原が接触した男は、人間のエネルギーを摂取し命を奪う新種の〝頂点捕食者〟だった！　女性主人公・水原の魅力が全開の人気シリーズ第3弾。　（内藤麻里子）
お-32-10

（　）内は解説者。品切の節はご容赦下さい。

大沢在昌
極悪専用
やんちゃが少し過ぎた俺は、闇のフィクサーである祖父《じい》ちゃんの差し金でマンションの管理人見習いに。だがそこは悪人専用住居だった！　ノワール×コメディの怪作。（薩田博之）
お-32-9

大沢在昌
心では重すぎる（上下）
失踪した人気漫画家の行方を追う探偵・佐久間公の前に、謎の女子高生が立ちはだかる。渋谷を舞台に描く、社会の闇を炙り出す著者渾身の傑作長篇。新装版にて登場。（福井晴敏）
お-32-12

奥田英朗
イン・ザ・プール
プール依存症、陰茎強直症、妄想癖など、様々な病気で悩む患者が病院を訪れるも、精神科医・伊良部の暴走治療ぶりに呆れるばかり。こいつは名医か、ヤブ医者か？　シリーズ第一作。

お-38-1

奥田英朗
空中ブランコ
跳べなくなったサーカスの空中ブランコ乗り、尖端恐怖症で刃物が怖いやくざ……。おかしな症状に悩める人々を、トンデモ精神科医・伊良部一郎が救います！　爆笑必至の直木賞受賞作。

お-38-2

奥田英朗
町長選挙
都下の離れ小島に赴任することになった、トンデモ精神科医の伊良部。住民の勢力を二分する町長選挙の真っ最中で、巻き込まれた伊良部は何とひきこもりに！　絶好調シリーズ第三弾。

お-38-3

奥田英朗
無理（上下）
壊れかけた地方都市・ゆめのに暮らす訳アリの五人。それぞれの人生がひょんなことから交錯し、猛スピードで崩壊してゆく様を描いた傑作群像劇。一気読み必至の話題作！

お-38-5

荻原　浩
幸せになる百通りの方法
自己啓発書を読み漁って空回る青年、オレオレ詐欺の片棒担ぎ、リストラを言い出せないベンチマン……今を懸命に生きる人々を描いたユーモラス＆ビターな七つの短篇。（温水ゆかり）
お-56-3

荻原 浩
ギブ・ミー・ア・チャンス
漫才芸人を夢見てネタ作りと相方探しに励むフリーターを描く表題作ほか、何者かになろうと挑み続ける、不器用で諦めの悪い八人の短篇集。著者入魂の「あと描き」（イラスト）収録。

お-56-4

大崎 梢
夏のくじら
大学進学で高知にやって来た篤史はよさこい祭りに誘われる。初恋の人を探すために参加するも、個性的なチームの面々や踊りの練習に戸惑うばかり。憧れの彼女はどこに!?（大森 望）
お-58-1

大崎 梢
プリティが多すぎる
文芸志望なのに少女ファッション誌に配属された南吉くんこと新見佳孝・26歳。くせ者揃いのスタッフや10代のモデル達のプロ精神に触れながら変わってゆくお仕事成長物語。（大矢博子）
お-58-2

大崎 梢
スクープのたまご
週刊誌編集部に異動になった信田日向子24歳。「絶対無理！」怯える気持ちを押し隠し、未解決の殺人事件にアイドルのスキャンダル写真等、日本の最前線をかけめぐる！（大矢博子）
お-58-3

大山誠一郎
赤い博物館
警視庁付属犯罪資料館の美人館長・緋色冴子が部下の寺田聡と共に、過去の事件の遺留品や資料を元に難事件に挑む。超ハイレベルで予測不能なトリック駆使のミステリー！（飯城勇三）
お-68-2

太田紫織
あしたはれたら死のう
自殺未遂の結果、数年分の記憶と感情の一部を失った遠子。その時に亡くなった同級生の少年・志信と自分はなぜ死を選んだのか――遠子はSNSの日記を唯一の手がかりに謎に迫るが。

お-69-1

太田紫織
銀河の森、オーロラの合唱
地球へとやってきた、慈愛あふれる宇宙人モーンガータ（見た目はほぼ地球人）。オーロラが名物の北海道陸別町で宇宙人と暮らす日本の子どもたちが出会うちょっとだけ不思議な日常の謎。

お-69-2